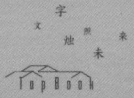

诗经十讲

徐志啸 —— 著

陕西新华出版传媒集团

图书在版编目（CIP）数据

诗经十讲／徐志啸著.— 西安：陕西人民出版社，2022.12
ISBN 978-7-224-14734-6

Ⅰ.①诗… Ⅱ.①徐… Ⅲ.①《诗经》—诗歌研究 Ⅳ.①I207.222

中国版本图书馆 CIP 数据核字（2022）第 212830 号

出 品 人：赵小峰
总 策 划：关 宁
出版统筹：晏 藜　韩 琳
策划编辑：王 凌　张启阳
责任编辑：武晓雨　王 倩
封面设计：佀哲峰

诗经十讲
SHIJING SHIJIANG

作　者	徐志啸
出版发行	陕西新华出版传媒集团　陕西人民出版社（西安市北大街 147 号　邮编：710003）
印　刷	陕西隆昌印刷有限公司
开　本	787mm×1092mm　1/32
印　张	6.625
字　数	110 千字
版　次	2022 年 12 月第 1 版
印　次	2022 年 12 月第 1 次印刷
书　号	ISBN 978-7-224-14734-6
定　价	59.80 元

如有印装质量问题，请与本社联系调换。电话：029-87205094

徐志啸（1948— ），复旦大学历史系77本科生，复旦大学中文系79研究生，北京大学中文系86博士生。复旦大学文学硕士，北京大学文学博士。复旦大学中文系教授、比较文学、古代文学双专业博士生导师。中国作家协会会员，中国屈原学会名誉会长。甘肃省首届特聘飞天学者、讲座教授，上海交通大学人文艺术研究院客座教授。已出版学术专著及论文集10多部，发表学术论文近200篇。曾应邀赴美国哈佛、耶鲁、普林斯顿、哥伦比亚大学及日本东京大学等讲学或做学术演讲。

前　言

《诗经》，中国最早的一部诗歌总集，收集了从西周初期到春秋中叶流传在民间和宫廷内外的诗歌作品。原称"诗"，西汉时期的儒家学者将其奉为儒家经典之一，便成了《诗经》，后世历代遂将此称沿用至今，于是，便有了我们今天见到的《诗经》。

《诗经》编成于春秋时代，相传孔子曾参与删诗和编定，但据对近年出土的楚简的考证，孔子删诗说疑为误传，而参与整理和编订，大约是事实。《诗经》现存305篇，另有6篇有目无诗，故历史上有"诗三百"的约称。据传，这305篇是从3000多篇献诗和采诗中选取的。305篇诗，可分为三大类：风、雅、颂。风，包括十五国风，指采自当时十五个诸侯小国的风俗诗；雅，按当时流行的歌唱乐调分为大雅、小雅；颂，包括《周颂》《鲁颂》《商颂》。

按今本《诗经》的编排顺序，305篇诗的具体分类为十五国风、小雅、大雅、"三颂"，这与近年出土的楚简的排列有所不同。

《诗经》的语言形式以四言为主，间以杂言；艺术表现形式上，运用了赋、比、兴手法。赋、比、兴是《诗经》典型而又具时代特色的艺术表现手法：赋——铺陈直言其事；比——以彼物比此物；兴——先言他物以引起所咏之辞。三种手法在"诗三百"中或单独运用，如赋；或融合表现，如比兴；或三者兼具。

《诗经》堪称上古时代的百科全书，它所描写的内容和抒发的情感，全面反映了中国，特别是黄河中下游地区（也包括长江中下游地区），从西周初年到春秋中叶的社会风貌，包括历史、经济、文化、军事、文学、艺术等的综合状况，为后代了解上古时期的中国社会面貌提供了宝贵的历史资料，具有不可多得的历史与文化的多重价值。

《诗经》问世后，汉代传《诗》者，有鲁、齐、韩、毛四家。其中，鲁、齐、韩三家为今文诗学，又称"三家诗"；毛为古文诗学，又称"毛诗"。后代注释《诗经》者，或承毛诗，或续三家诗，或间杂毛诗、三家诗，或另立门户，非毛非三家，自立新说。

《诗经》产生以后，特别是被奉为儒家经典之首后，由于其本身蕴含的丰富的思想内容及具有多重感染力的艺术表现手法,在中国历史、中国文化史、中国文学史上,都产生了极为深远的影响。它不仅为中国历史提供了珍贵的上古史料,为中国文化史记录了上古时代的文化风貌,为中国诗歌的发展树立了现实主义表现的艺术范例,极大地影响了后世历代的诗歌创作,还对整个中国封建时代知识分子的思想意识、理想追求乃至人格操守等,都产生了不可低估的历史影响。

以我们今天的眼光来看,两千多年前的《诗经》,不啻一部中华民族的"童年书",它产生于这个民族的童年,记录了这个民族童年时代的欢乐、痛苦和怨怒,它是这个民族童年时代天真无邪、喜怒哀乐的真切记录,它那质朴的文辞、深切的歌唱,让后代的人们看到了中华民族早年真挚的美——从日常生活到社会万象,从生命诞生到人生哲理。

汉代诞生的《诗序》,是汉代学者从儒家政治和伦理出发,为《诗经》写下的序文,它包括大序和小序。这些文字,我们今天看来,虽不无糟粕,却不失为有助于我们今人参考借鉴的宝贵学术资料,它为后世提供了极为有益的了解和剖析《诗经》的钥匙,在社会伦理、文化、文学,乃至文学理论和批评,以及诗歌创作手法等方面,都有着重要的参考价值。我们今人读《诗经》,《诗序》是必不可少的纲领性参考资料,它极有助于我们正确理解和把握《诗经》中的每首诗,正确认识它们的历史、文化、文学的价值。

历代注释、研究《诗经》的比较有代表性的学者及其注本是:汉毛亨传、郑玄笺、唐孔颖达疏《毛诗正义》,南宋朱熹《诗集传》,清陈奂《诗毛氏传疏》,清马瑞辰《毛诗传笺通释》,清王先谦《诗三家义集疏》,等等。近现代研究《诗经》的代表性学者及其著作是:闻一多《风诗类钞》及《诗经新义》等论文,陈子展《诗经直解》,于省吾《泽螺居诗经新证》,向熹《诗经语言研究》,程俊英《诗经译注》,洪湛侯《诗经学史》,等等。

目 录

- 001　**第一讲　《诗经》产生的时代及其源头**
- 003　《诗经》产生的时代
- 012　《诗经》的源头——上古歌谣
- 018　《诗经》与周代礼乐文化

- 025　**第二讲　《诗经》的形成与孔子的贡献**
- 027　《诗经》的形成——献诗与采诗
- 032　孔子对《诗经》的贡献

- 037　**第三讲　《诗经》的体制与作者**
- 039　从二言体到四言诗
- 043　集体歌唱与个体诗人

- 047　**第四讲　《诗经》的表现特征**
- 049　体式表现——风、雅、颂
- 056　艺术手法表现——赋、比、兴

- 063　**第五讲　颂赞之歌　战争之歌**
- 065　民族史诗
- 072　颂赞先王
- 076　战争画卷

083	**第六讲　怨恋之歌　劳动之歌**
085	政治怨刺之歌
090	劳动者之歌
093	怨歌、恋歌及其他
115	**第七讲　抒情美　修辞美**
117	抒情美
124	修辞美
131	**第八讲　韵律美　含蓄美　典雅美**
133	韵律美
143	含蓄美
148	典雅美
151	**第九讲　《诗经》的社会功用**
153	春秋引诗与赋诗言志
156	修身养性与治国经邦
161	社会价值及其他
169	**第十讲　《诗经》的价值与历代《诗经》研究**
171	《诗经》的价值
175	历代《诗经》研究

第一讲 《诗经》产生的时代及其源头

《诗经》产生的时代

一部文学作品的诞生,与其时代密不可分,没有适宜的时代条件,也就不会有相应的反映该时代的文学作品。

作为中国文学史上的第一部诗歌总集,《诗经》与其所诞生的时代有着密切关系:时代催孕了它的萌生,它又全面地反映了时代。这就是《诗经》的鲜明特征。

让我们先看《诗经》诞生时代的特点。

一般来说,《诗经》诞生时代,主要指西周春秋时期,由于有认为"三颂"中的《商颂》产生于殷商时代,因而也部分涉及商代。我们这里主要谈西周春秋。

殷商衰落,周武王率军灭商,西周遂立。这场灭商战争,在历史上称为牧野之战,它标志着殷商的彻底灭亡和周的从此强大。周人在此前是一支活跃于西部黄土高原的古老部族,以农业为基本生产方式,相传周人的先祖弃——后稷是主管农业的首领,后人尊称其为农神。周人曾有过几次大迁徙,到古公亶父时迁至岐山下的周原,这儿土地肥沃,适于农耕,于是便在这儿建起了国家,这为周人后来迅速崛起奠下了基础。在周的建国及发展过程中,文王与武王特别值得一书。"文王遵后稷、公刘之业,则古公、公季之法。"(《史记·周本纪》)文王施仁政,得民心,与周边部族结盟,扩大军事力量,在政治、军事上为灭商做了充分准备。武王则联合诸多部落,亲自率军伐商,牧野一战,打败殷商军队,殷纣王自焚身死,周朝终于一统天下。

武王克商后,解放了大批商朝奴隶,赈济贫困者,并采纳周公建议,减免殷商遗留的暴刑,召回逃亡的奴隶,给他们土地,并减轻他们的赋税,大大缓解了原本尖锐的阶级矛盾,使生产力得到了恢复发展。同时,周朝分封功臣、谋士及周之同姓贵族,其目的在于让他们协助周王室镇抚各地,"以藩屏周"(《左传·僖公二十四年》),这对维护周朝的政治秩序起到了相当的作用。与此同时,周朝还建立了与殷商时代不同的新的宗法制,自上而下形成了政治网络——"是故有立子之制,而君位定;有封建子弟之制,而异姓之势弱,天子之位尊;有嫡庶之制,于是有宗法、有服术，而自国以至天下，合为一家……"①这种新型的宗法关系，相当程度上起到了核心、纽带作用；它同时又与社会的经济制度紧密结合，使土地和财产也按照尊卑有序的规则依次而分，从而使得周朝成了典型的宗法制封建社会。

武王去世后，周朝曾由周公摄政。周公依据周原有的制度，参酌殷礼，制定了一系列巩固封建统治的制度，此即后世所谓的"周公制礼作乐"。周公的制礼作乐，奠定了中国封建制度与封建文化的最初基石，在历史上具有重要意义。

整个西周春秋时期战争不断，这些战争，既包括周朝与周围各部族间的战争，也包括周天子分封之诸国逐步强盛后，它们之间的兼并战争，以及周王室衰弱后的诸侯争霸战争。大小宗族间的兼并战争相当程度上推动了社会的发展变化。②

此时期，由于生产工具的进步——使用了铁制工具，改进了农具与小生产工具，破坏了原有的旧的宗族制度，

---

① 王国维：《殷周制度论》，载《王国维学术经典集》，江西人民出版社，1997，第140页。
② 参见范文澜《中国通史简编》（第1编），人民出版社，1964，第222—223页。

扩大了各部族间的融合关系,整个西周春秋时期(尤其春秋时期)人口增长,生产力发达,社会向前发展了。

当然,社会发展了并不意味着人民生活相应改善了,处于社会底层的平民(庶民)、奴隶等,依然受着种种劳役压迫。他们迫于生计,从事各种繁重的劳动,生产所得被族长以赋税、徭役、共财等名义搜刮,自己和家人还是过着贫困的日子,生活与生产条件都难以改善。但到了春秋时期,随着生产力的提高,家族制逐步替代了宗族制,土地开始可以自由买卖,这在一定程度上改变了下层庶民的状况。[1]

关于《诗经》诞生的时代,我们还遇到一个现象:由于先秦时代史料缺乏,一些足以证实为信史的文献与史籍(或文物),其中不少是可以与《诗经》本身相印证的。换言之,《诗经》的记载,在某种程度上也可起到史的作用,甚至是信史。这就无形中告诉人们,《诗经》确实具有"真"的特质,它既是一部文学作品,曾经过艺术的加工与润饰,但它同时又不脱信史的成分,以至人们考证或论述先秦时代,尤其是西周春秋时期,会以它为史料依据,从它那儿取证勾画时代政治、经济、文化的面貌与特征。从

---

[1] 参见范文澜《中国通史简编》(第1编),人民出版社,1964,第222—223页。

这个角度说，我们阐述《诗经》孕生的时代，常常会以《诗》证史，以《诗》述史，《诗》史结合。这是《诗经》时代的一种特殊现象，也是《诗经》"写真"特点的有力印证。

西周春秋时期，实际上即周朝。周代商而立，而商之所以灭亡，是因为商纣王的暴政引得人民怨声载道。这种情形，在《诗经》的《大雅·荡》中有着清楚的记录：

> 文王曰咨，咨女殷商。如蜩如螗，如沸如羹。
> 小大近丧，人尚乎由行。内奰于中国，覃及鬼方。

诗中所写，活现了殷商衰败时的景象：乱糟糟的殷商，如大小蝉儿在喧嚷，如汤水、菜汤在沸腾，上下官僚都濒临灭亡，人都不守法度，行为荒唐，人民胸中的怒火已燃烧蔓延到了远方。这样的朝廷，必然垮台，必然被新起的周朝取而代之。

周武王率军攻商，大军抵牧野，直逼朝歌，终致商朝灭亡。周灭商后，周公旦摄政，商纣王之子武庚等叛周，周公东征，恩威并施，平定了叛乱。《诗经》中好几首诗记载了周公东征的史实。周朝建立后，土地及臣民均归王所有，《小雅·北山》有云："溥天之下，莫非王土；率土之滨，莫非王臣。"而整个周朝上下采用分封制，从而形成

"王臣公、公臣大夫、大夫臣士"的贵族等级制度,以及嫡长子世袭制,使诸侯对周王承担各种义务,构成"大邦维屏,大宗维翰"(《大雅·板》)的体制。

周建立后,强调君统与宗统合一,重视朝聘和祭祀,朝聘被看作是体现天子尊崇与君臣关系的象征,祭祀被认为是"治国之本"。《诗经》的《周颂·有瞽》记述了周王宗庙祭祀的状况:

> 有瞽有瞽,在周之庭。设业设虡,崇牙树羽。
> 应田县鼓,鞉磬柷圉。既备乃奏,箫管备举。
> 喤喤厥声,肃雍和鸣,先祖是听。
> 我客戾止,永观厥成。

这类祭祀,由于同维护周王的尊崇相联系,因而其使用的乐曲往往典雅、庄重,以显示朝廷与周天子的威严和至高无上。于是,《诗经》的《大雅》和"三颂"中的这一类祭祀诗也便具有了典重的色彩。

"国之大事,在祀与戎。"(《左传·成公十三年》)除了用以加强血缘纽带、巩固周天子统治的祭祀外,"戎"——军事,成了周朝扩张势力、征服外族、镇压百姓反抗、维护统治的主要手段,成了"国之大事"。西周春秋之间,周王朝同四邻诸族——东夷、西戎、南蛮、北狄战争不断,这些战争的发生，使得周王室逐步增强了军事实力，从而君临天下。

周朝战争连绵不断，自然产生了反映和表现战争的诗篇。这些诗，或歌颂周王、赞美将帅的战功，或讴歌战场上血染锋刃的战士，或描绘战争的惨状，表现人们对战争的厌恶和它给人民带来的苦难。例如，比较典型的《小雅·采薇》：

采薇采薇，薇亦作止。曰归曰归，岁亦莫止。
靡室靡家，玁狁之故。不遑启居，玁狁之故。
采薇采薇，薇亦柔止。曰归曰归，心亦忧止。
忧心烈烈，载饥载渴。我戍未定，靡使归聘。
采薇采薇，薇亦刚止。曰归曰归，岁亦阳止。
王事靡盬，不遑启处。忧心孔疚，我行不来。
彼尔维何？维常之华。彼路斯何？君子之车。
戎车既驾，四牡业业。岂敢定居？一月三捷。
驾彼四牡，四牡骙骙。君子所依，小人所腓。
四牡翼翼，象弭鱼服。岂不日戒？玁狁孔棘。
昔我往矣，杨柳依依。今我来思，雨雪霏霏。
行道迟迟，载渴载饥。我心伤悲，莫知我哀！

这首诗中，虽然也有对将帅指挥作战和兵马装备的描述，但更多的却是表现服兵役的战士对战争的厌倦，以及亟盼归去的焦灼心理。很显然，诗篇真实而又形象地反映了周朝与狎狁族之间频繁不断的战争，这战争导致了大批离乡背井、远征戍役的兵士的痛苦，使他们唱出了"我心伤悲，莫知我哀!"。

频繁战争的同时，繁重的农活也大量地压在奴隶和庶民身上，他们被圈在土地上，不得不辛苦劳作，"明而动，晦而休，无日以怠"(《国语·鲁语》)。而他们的妻子，则要为贵族养蚕、采桑、绩麻、织布。于是，"男女有所怨恨，相从而歌，饥者歌其食，劳者歌其事"(《春秋公羊传注疏》卷十六，何休注)。大批发自辛苦劳作的农家人的哀伤之歌也就诞生了，农人们以此发泄自己的怨恨，表达自己的反抗与不满，同时也有对劳动本身的讴歌。被认为最有代表性的农事诗《七月》，在这方面，极典型地反映了农夫们的艰难劳作之状。诗中写道：

七月流火，九月授衣。
一之日觱发，二之日栗烈。
无衣无褐，何以卒岁？
……
春日迟迟，采蘩祁祁。

女心伤悲，殆及公子同归！

……

嗟我农夫，我稼既同，上入执宫功。

昼尔于茅，宵尔索绹。

亟其乘屋，其始播百谷。

农家一年到头的繁重劳动在诗中有充分的展示，诗告诉人们，在贵族的逼迫下，农家人如何不停顿地从春忙到秋、从夏忙到冬，心中的怨恨无处发泄，只能徒发感叹。范文澜在《中国通史简编》第三章开头写道："诗中叙述公子和田畯(督耕人)早晚监督着农夫农妇整年不息地为公家做工。农夫种地、打猎、修宫室、凿冰块，农妇养蚕、纺织、制衣裳狐裘。……这样的生活，很像是奴隶的生活。"[①]当然，从《七月》诗可以看到，当时的农夫还不像奴隶那样完全没有自由，完全得不到劳获，所受的待遇也不完全如奴隶一般。但是，尽管如此，《七月》诗还是写出了农夫们的实际生活以及他们所受到的创痛，诗是他们真实心声的吐露。

《诗经》的时代，催生了《诗经》，而《诗经》所记录的，又正是时代的投影。没有《诗经》时代方方面面的社会生

---

① 引自该书第126页。

活——政治、经济、军事、文化等，就不可能孕生《诗经》中大量体现社会风貌的诗章；而《诗经》的每一篇真实形象的图画与歌唱，相当程度上又成了社会的镜子和时代的影子。两者的相辅相成，让我们真切地感受到了《诗经》时代给《诗经》留下的深深烙印。

《诗经》的源头——上古歌谣

虽然人们常称《诗经》[①]是中国古代诗歌的源头之一，然而，推究起来，其实《诗经》也还有它的初源，那就是所处时代比它更早的，属于上古时代的歌谣。

上古歌谣，无论从其产生时代还是其本身的体裁特征看，都毫无疑问是《诗经》的初源。由于上古歌谣的结束，或者说，上古歌谣被《诗经》所替代，《诗经》时代才真正开始。

上古时代歌谣，其实后世能见到的，大多是商代的歌谣，夏代及其以前的歌谣，由于多半乃口头流传，并无文字记载可据，因而也就难以述及了。而即便是商代的歌谣也十分复杂，其间真伪杂糅、难以甄别的相当多，录存于

---

① 这里所称《诗经》，其实应该是"诗三百"，"经"字乃汉以后所加，但为叙述方便，不做严格区分了。特此说明，以下均同。

文献典籍中的,由于文献本身的时代和真伪问题,也真伪难辨。尽管如此,我们还是能从相对可信的典籍及文物中,获得一些有益的资料。

《周易》爻辞,据考证是上古歌谣中最早的具文学性的记录,它们服务于上古时代的巫师、宗教,因而被巫师们不自觉地保留了下来。其记载简明扼要,所反映的内容丰富,后人常不免要提及它。

例如《屯》爻辞的一则:

> 屯如,邅如;乘马,班如;匪寇,婚媾。

这首诗描写上古时代的一种抢婚风俗,十分形象,十分逼真。整段爻辞的节奏、韵律也十分和谐,颇易上口,读上去有一种抑扬顿挫之感,似一幅简洁明快的风俗画。

又如《中孚》九二爻辞的一则:

> 鸣鹤在阴,其子和之。我有好爵,吾与尔靡之。

似乎味道更浓些了,从鹤的悦耳的鸣叫声,自然过渡到邀友人同饮美酒。其情其景,颇能催人生发情感。人们吟咏它,似微微能辨《诗经》的影子——类似《小雅》和《国风》。

如果从上古歌谣所反映的社会内容看，它们大致上与《诗经》的内容类型相似。

其一，最早出现的劳动歌。

这是上古时代人们从事劳动生产时所自然发出的有节奏的呼号，通常被人们称作"杭育"歌。例如，相传产生于黄帝时代的《弹歌》（载后汉赵晔《吴越春秋》），比较客观而又原始地再现了劳动的过程：

　　断竹，续竹；飞土，逐宍。

这当中的劳动，其实是两个过程：先是制造弓箭——断竹、续竹；尔后是狩猎——将土块弹出，击中了猎物。短短八字，是两个过程生动而又简练的记录，而将其串连起来，便成了上古时代人们劳作与凯旋的欢歌。

其二，原始宗教的祭祀歌。

原始先民由于无法理解宇宙间的种种现象，便常常以祈祷和祭祀来表达自己的祈盼与愿望，这便有了祭祀仪式上的祷语和祭歌。这些祷语和祭歌，有的被记载在了甲骨卜辞中，流传到了后世。如《卜辞通纂》第375片所记录的：

　　癸卯卜，今日雨。

其自西来雨？其自东来雨？
其自北来雨？其自南来雨？

它使人想到，这或许来自一场大型的有着祈雨歌舞的祭祀盛会，人们通过祈雨企盼农业丰收，由此，农业活动、巫术活动以及萌芽状态的文学活动，无形地联系在一起了。

又如《礼记·郊特牲》中载录了一首题为《伊耆氏蜡辞》的古老祭歌，它以咒语形式写成，不同于那些祈求神，充满畏惧的祭词。其辞曰：

土反其宅！水归其壑！昆虫勿作！草木归其泽！

所写内容虽然也还是保护农作物生长，但口吻与诉说方式均有了变化，改为喝令甚而诅咒，反映出上古歌谣在表现人的同一愿望时的不同方式。

其三，古老的情歌。

一般认为，最早记述上古时代男女相恋的情歌，是《吕氏春秋·音初》所记录的那首《候人歌》，原文写道：

禹行功，见涂山之女，再未之遇，而巡省南土。涂山之女乃令其妾候禹于涂山之阳，女乃作歌，歌曰："候人兮猗！"实始为南音。

歌的全部内容仅四个字：前两个字表述等候，属于实词，乃内心情感的直接表白；后两个字是表感叹的语气词，它引申并发挥了前两个字的情感内涵，某种程度上有一种余音回荡的效果，增强了感情色彩。四个字的寓意和寄情功效十分清楚明确，体现了言简情长的特点。

不过，这首《候人歌》还是属于比较明朗、直率表白感情的，另有一些较为含蓄、婉转记述微妙关系的，更体现了上古歌谣原始、暧昧的特点。如《周易·归妹·上六》：

女承筐，无实；士刲羊，无血。

歌词表面上并没有写爱情，只是说承筐的少女筐内空空，执刀的小伙没将羊刲下（见不到血），但实际上歌谣故意将士与女放在一块儿，并说他们都劳而无实，则显然暗示了他们的"心不在焉"——虽是在承筐、刲羊，却都在想别的心事——欢爱的情趣在无言中透露出来，让人们自行去体味那言外之意。这种朦胧含蓄的表述，是上古歌谣原始古朴的表现。

其四，上古战争歌。

上古歌谣虽然流传不多，反映面却不窄。上古时代社会生活的大致方面在歌谣中都留有痕迹,那些原始初民的刀光剑影,也刻在了甲骨卜辞之中,让人们可一窥战争的场面。如《周易·离卦》文辞所记的一场战争:

> 履错然。黄离。日昃之离。不鼓缶而歌,则大耋之嗟。突如,其来如,焚如,死如,弃如!出涕沱若,戚嗟若。王用出征,有嘉折首。获匪其丑。

战争场面的残酷无情以及战争带给人们的灾难与痛苦,我们从这原始质朴的记载中可以分明感受到。歌谣中的"突如,其来如,焚如,死如,弃如",十分形象而又逼真地显现了战场上纷乱、残酷的情形,给读者展示了栩栩如生的战争场面。

毫无疑问,上述四个方面的上古歌谣的内容,可使我们清楚地看出它们的总体风格,即所记录的是上古初民各方面的生活,以及由此而激发出的朴实情感,基本上只是事实和现状的记录,以及原始客观的再现,而没有做人为意识上的艺术加工。正由于此,这些歌谣的语言往往简练、质朴,没有丝毫的夸张修饰,也不能删减任何一个字;但这并不妨碍它们表达情感,无论《弹歌》,还是《候人歌》,都在极简短、极凝练的字句中,包含了所要表述的内容与情感,从而显示了其具有原始风味的艺术感染力。

比起《诗经》,虽然上古歌谣显得原始、质朴,甚而粗糙、鄙陋,但是我们也应同时看到,它们之间有着相承的渊源关系。也就是说,在《诗经》中有着上古歌谣的影子——无论是祭祀歌、劳动歌,还是情歌、战争歌。只是较之上古歌谣,《诗经》更发展了,更富有艺术表现力了,更能传达人们的丰富情感了。从这个意义上说,我们认为,上古歌谣毫无疑问乃《诗经》的初源,而其原始质朴的风格中所蕴含的"真"的特质,也自然而然地影响了《诗经》。

《诗经》与周代礼乐文化

《诗经》的诞生,与周代社会文化条件及社会体制密切相关,而周代文化的核心是礼乐,因而了解《诗经》的背景与内涵,必须先了解礼乐文化。①

孔子曾比较夏、商、周三代,认为夏代尊命(天命),畏敬鬼神但不亲近,待人宽厚,少用刑罚;商代尊神,教

---

① 谈周代的礼乐文化,与《周礼》《礼记》《仪礼》三书的成书既有联系,又有区别,不可混为一说。

人服事鬼神，重用刑罚，轻视礼教；周代尊礼，畏敬鬼神但不亲近，待人宽厚，按等级高低进行赏罚。① 之所以造成这个差别，原因在于，夏朝社会阶级矛盾比较缓和，统治者不需要利用鬼神和刑罚来维持自己的权力，其时自然只能产生低级的尊命(天命)文化；商朝进入奴隶制社会，统治者需借重神(包括天、命、鬼)与刑罚来压迫奴隶，因而产生了较高的文化——尊神文化；西周进入封建制社会(奴隶制与封建制交替)，按尊卑、亲疏、贵贱、长幼、男女的差别，制定表现等级制度的礼，以此巩固统治者的地位。相比较而言，周代的尊礼文化，显然高于对自然界完全无能的夏代尊命文化和假借神鬼行贪暴无耻之举的商代尊神文化。② 但是，我们也应同时看到，周代的尊礼文化是在继承夏商两代尊命、尊神文化基础上发展而来的，正如《论语·为政》所说："殷因于夏礼，所损益，可知也；周因于殷礼，所损益，可知也。"

周礼文化的根本立足点，是把维护社会秩序的基点放在人自身的自觉追求上，而不是借助于神威与神意，这相对前代显然是一种进步与创新。《周易·系辞上》云："天

---

① 参见《礼记·表记》。
② 参见范文澜《中国通史简编》(第1编)第4章，第A节。人民出版社，1964。

尊地卑，乾坤定矣。卑高以陈，贵贱位矣。"《周易·序卦》云："有天地，然后有万物，有万物，然后有男女，有男女，然后有夫妇，有夫妇，然后有父子，有父子，然后有君臣，有君臣，然后有上下。"显而易见，"天"在这里是人间秩序的本源与最高原则，它的作用是告诉人们礼制的天经地义，人们必须自觉加以遵守与维护。周礼文化所要确立的，是"尊尊""亲亲"的社会秩序，是人们自觉形成的上下和谐的等级秩序，从而以其为核心，形成周代的文化氛围和社会秩序。①

"乐"，作为紧伴着"礼"而出现的周代文化的组成部分，在某种程度上起着一种辅助与调节作用，即，当人们以"礼"规范与约束自己时，常常以"乐"在其中影响和制约着心灵的活动，使之与"礼"相契合，从而完善"礼""乐"。"乐者，乐也，人情之所不能免也。乐必发于声音，形于动静，人之道也。""故乐也者，动于内者也；礼也者，动于外者也。"（《乐记·乐化》）"乐者，天地之和也；礼者，天地之序也。和，故百物皆化；序，故群物有别。"

---

① 参见赵明主编《先秦大文学史》，吉林大学出版社，1993，第163—164页。

(《乐记·乐论》)①周代文化正是由于以"礼""乐"相充实,有了"礼"的仪式规范和"乐"的应用方式,才建立起了周代的社会秩序与伦理规范,从而巩固完善了以伦理道德为核心的社会制度。

在周代文化土壤上萌生的《诗经》,毫无疑问,深深地刻有"礼乐"文化的印记。用《毛诗序》的话来说,"诗三百"所反映的思想与内容,无非就是"经夫妇,成孝敬,厚人伦,美教化,移风俗"。而这,正是周代礼乐文化的核心内容,两者是完全相通的。换言之,《诗经》的撰著者和编定者,无论最初动机如何,在客观上都毫不犹豫地在为宣扬周代礼乐文化服务——从不同的侧面与角度。

这里牵涉到一个问题,即作为一种文学创作,《诗经》的作者们(集体的或个人的,创作者或改编者)自然不像上古时代原始歌谣的制作者们那样,处于无意识或下意识之中,只是一种纯客观的记录。《诗经》毫无疑问是创作者及改编者在周代社会条件下受礼乐文化观念影响,以一种比较自觉的创作意识(至少是比上古时代自觉的意识)所做的文学或文化活动,其间渗入了较多人为的及有意识的观

---

①《乐记》虽然是战国时人的著作,所记述的却是周人对礼乐的看法。

念、审视和评判——或对社会，或对伦理，或对道德，或对善恶是非。它以相对清醒的态度，观察和记录了社会的种种现象，并以较明确的"言志""载道"观念指导了创作过程、审美判断和审美追求。虽然这种判断、追求，相对于汉以后的诗歌创作，显得粗拙、稚嫩，却已远胜上古时代歌谣那种基本无意识和纯客观的原始记录了。

而且，上古时代的原始歌谣绝不可能脱离人们的生存实际做反映，而受周代礼乐文化影响的《诗经》则不然，它的每一首记录、每一篇吟唱，或多或少都带有明显的目的性，或歌颂，或鞭挞，或揭露，或倾诉，无不印上了礼乐文化的痕迹。其所反映、表现的内容，大多围绕伦理道德与社会秩序，其间多少渗入了作者的情感与意识，绝非无病呻吟、漫无目的。即使是一些表面上看去纯属劳动场面记录的篇章，也无不透出劳动者的感情或爱憎态度，反映了社会生活的一个侧面。

礼乐文化影响《诗经》，还有另一层面，即《诗经》中大量反映爱情、婚姻的篇章。从某种程度上说，《诗经》中这些爱情、婚姻诗的出现，与周代的社会思想有着密切关系。在周代礼仪中，男女婚姻是基本，所谓"昏礼者，礼之本也"（《礼记·昏义》）。而婚姻，又分为上层贵族和下层平民两个层面，他们当中的恋歌与婚歌，有着明显区别,这是由于礼仪规范而造成的"男尊女卑"及民间恋爱自由的差异。对贵族阶层而言,他们只有婚姻诗而无恋歌;对平民百姓而言,他们可以自由欢爱,无拘无束,如郑国、卫国的春日聚会。当然,礼教之网也要在平民中张开,又毕竟管不了那么多,因而"郑、卫之诗"也就超越"礼义之轨"了。不过,在《诗经》中还有相当一部分诗篇,表现的是受礼教束缚的妇女遭受不平等对待或迫害,因而发出反抗礼教的呐喊——这也是周代礼乐文化影响《诗经》的产物之一,只是属于不和谐音罢了。这当中,既有缺少婚恋自由的"父母之命",也有婚后遭弃的弃妇之反抗控诉,它们都属于周代社会制度下礼乐文化的"逆反"产物,像一面镜子,照出了周代社会的方方面面。

礼乐同《诗经》还有一层关系。礼与乐紧密结合:"乐者为同,礼者为异;同则相亲,异则相敬……礼义立,则贵贱等矣,乐文同,则上下和矣。"(《礼记·乐记》)这"异"与"同"的重大作用,致使周代贵族子弟自幼即被规定须学乐、习礼、诵诗,三者往往连在一起。《汉书·礼乐志》有云:

> 周《诗》既备,而其器用张陈,《周官》备焉。典者自卿大夫师瞽以下,皆选有道德之人,朝夕

习业,以教国子。国子者,卿大夫之子弟也,皆学歌九德,诵六诗,习六舞,五声、八音之和。

虽然此志系汉代编成,但其所述的时代是周代,反映了周代贵族子弟乐、礼、诗(还包括舞)的齐诵习和互为渗透。可见,《诗经》在周代时虽尚未完全成形(尚未被编定),却已与礼乐绑缚在一起,成为年轻人的"必修科目"和"规定教程"了。而且诗与乐本身的特性,规定了它们是两者合一的,即所谓"诵诗三百,弦诗三百,歌诗三百,舞诗三百"(《墨子·公孟》)。由此,"诗三百"与周代礼乐的关系就不言而喻了。

第二讲 《诗经》的形成与孔子的贡献

《诗经》的形成——献诗与采诗

周代有献诗之说，此在《国语·周语》(及《晋语》)和《左传·襄公十四年》中均有记载。献诗，意在陈志——以诗做讽刺、赞颂，或表达对政治的评价与看法。史书中对此多有记载。如《国语·周语》云：

> 故天子听政，使公卿至于列士献诗，瞽献曲，史献书，师箴，瞍赋，矇诵，百工谏，庶人传语。近臣尽规，亲戚补察，瞽、史教诲，耆、艾修之，而后王斟酌焉。是以事行而不悖。

又如，《左传·襄公十四年》载：

> 是故天子有公，诸侯有卿，卿置侧室，大夫有贰宗，士有朋友，庶人、工、商、皂、隶、牧、圉皆有亲昵，以相辅佐也。善则赏之，过则

匡之，患则救之，失则革之。自王以下各有父兄子弟以补察其政。史为书，瞽为诗，工诵箴谏，大夫规诲，士传言，庶人谤，商旅于市，百工献艺。故《夏书》曰："遒人以木铎徇于路，官师相规，工执艺事以谏。"正月孟春，于是乎有之，谏失常也。

公卿列士献诗陈志的现象，在《诗经》中也有记载，如《小雅·节南山》："家父作诵，以究王讻。"《小雅·巷伯》："寺人孟子，作为此诗。凡百君子，敬而听之。"《大雅·民劳》："王欲玉女，是用大谏。"这说明，周代确有公卿献诗之事，《诗经》中的不少诗，很可能是通过这个途径而搜集、汇聚的。

除献诗这一条途径外，《诗经》的形成还有另一条途径，就是采诗制度，即有目的地采集民间诗歌。如上引《左传·襄公十四年》所云："遒人以木铎徇于路，官师相规，工执艺事以谏。"杜预注曰："以木铎徇于路，采歌谣之言也。"类似记载还有《礼记·王制》："天子五年一巡狩，觐诸侯，大师陈诗以观民风。"这里的"大师陈诗"，是在采诗后而"陈诗"，以使天子得以"观民风"。又，《汉书·艺文志》亦云："古有采诗之官，王者所以观风俗，知得失，自考正也。"这里的"古"者，绝不是汉朝当代，而为汉之前。另外，《汉书·食货志》记载得更具体些："孟春之月，群居者将散。行人振木铎徇于路以采诗，献之大师，比其音律，以闻于天下。故曰：王者不窥牖户而知天下。"何休注《春秋公羊传》亦有曰："男女有所怨恨，相从而歌。饥者歌其食，劳者歌其事。男年六十，女年五十无子者，官衣食之，使之民间求诗，乡移于邑，邑移于国，国以闻于天子。故王者不出牖户，尽知天下。"

对献诗采诗之说，今人陈子展先生有"设想"①一说。他认为，出于采诗之官遒人或行人、采诗之人鳏寡老人或无子者，以及诸侯贡诗的，为《国风》；公卿列士所献之诗，及周公专为制礼作乐而造之篇，为雅、颂：它们都被视如档案或史料而得以保存——这便是《诗经》的形成及来源。

但也有不同看法，甚至截然相反的意见，如清人崔述即以为"此言出于后人臆度无疑也"（《读风偶识》卷二，《通论十三国风》）。理由是，西周春秋近五百年中，前三百年所采殊少，后二百年所采甚多；诸侯千八百国，独此九国可采，余皆无；十二国风中，东迁以后居大半；《左

---

① 参见陈子展《诗经直解》，代序注（八），复旦大学出版社，1983，第8页。

传》广搜博采,却无此类记载;等等。

应该看到,上引诸说,虽有出入,且不免后人想象之词,但采诗之制应是可信之事,否则不可能诸种资料均持此说。况且,"诗三百"不是靠采集,何以收集而成?当然,周朝司乐太师保存祭祀类诗,也是一个途径,但那毕竟只是"三颂"与《大雅》部分,而对于《国风》与《小雅》而言,其可能性是很小的。

因此,我们应该基本确信,"诗三百"的来源及形成,主要是献诗、采诗及祭祀太师的保存,而其中以采诗为最多。

这里,随之而来的问题是"诗三百"的编集。说到编集,首先碰到的,便是孔子是否参与删定的问题。这历来有两种看法,一种认为,孔子曾删诗,司马迁在《史记·孔子世家》中写道:

> 古者《诗》三千余篇,及至孔子,去其重,取可施于礼义,上采契、后稷,中述殷、周之盛,至幽、厉之缺,始于衽席,故曰:"《关雎》之乱以为《风》始;《鹿鸣》为《小雅》始;《文王》为《大雅》始;《清庙》为《颂》始。"三百五篇孔子皆弦歌之,以求合"韶""武""雅""颂"之音。

赞同此说的，有班固(《汉书·艺文志》曰："孔子纯取周诗，上采殷，下取鲁，凡三百五篇。")、王充(《论衡·正说》)，以及欧阳修、郑樵、王应麟、马端临等。

然而，汉代孔安国、唐代孔颖达、宋代朱熹以及清代崔述、方玉润、魏源等，均予以怀疑或否定。孔颖达《毛诗正义·诗谱序》说：

> 如《史记》之言，则孔子之前，诗篇多矣。案：书传所引之诗，见在者多，亡逸者少；则孔子所录，不容十分去九。马迁言古诗三千余篇，未可信也。

从《左传·襄公二十九年》记载吴公子季札到鲁国观周乐，鲁国乐工为其演奏十五国风可知，其时的十五国风名称与编排顺序和今传《诗经》基本相同，说明当时《诗经》(实际应称"诗三百")已编集成册，而其时孔子才八岁，哪里谈得上删诗？况且，《论语》中只字未提孔子删诗之事，却多次记录了孔子亲口说的"诗三百"；又，《左传》《国语》中所引的诸多"诗"篇，基本上均可见于今本《诗经》，所谓原有诗三千余首，他书中均不见。种种疑问，致使人们不得不怀疑孔子是否真的曾删诗。

不过，话又说回来，《论语》中确也有孔子自卫返鲁，然后《乐》正,《雅》《颂》各得其所的记载,以及"子所雅言,诗、书、执礼,皆雅言也"的话,不能说孔子与《诗经》全无关系。实事求是地推测,大约孔子本人并不曾直接参与删诗,更无将三千余首删成三百零五首之说,但他曾经为《诗经》的完善及保存、传播,做过相当大的贡献,并对《诗经》做出很高的评价,确是事实。这对后世认识与评价《诗经》产生了很大影响,汉代始奉"诗三百"为"经",即是显例。

总括地说,《诗经》的形成与来源,主要是献诗、采诗及乐师保存三个途径,而《诗经》的编集,应该主要是周朝乐官所为,其中孔子曾参与一定工作,并做出了一定贡献。

孔子对《诗经》的贡献

由前所述,孔子虽然不曾删诗,但他曾参与整理编定《诗经》("诗三百")应是基本可以肯定的。这可以从两个方面来认识:一是《论语》中保存的有关他对"诗三百"的评价(包括褒与贬),足见他对《诗经》价值的看重及对其社会作用的认识;二是,《诗经》的真正成形时期,与孔子时代基本相合,也即《诗经》问世的时代与孔子生活的时代有相重合处,这就决定了《诗经》与孔子可能发生关系。孔子对《诗经》所做的贡献(包括参与编定及评价),大大影响了《诗经》在当时及后世的地位与价值,这是我们认识《诗经》时不可忽略的重要一点。

前节已经述及,孔子曾说:"吾自卫返鲁,然后乐正,雅、颂各得其所。"这里的"雅""颂",既是乐曲分类,也是诗歌分类,孔子对两者加以整理与审定,自然包括了诗歌的内容。重要的是,孔子将"诗"与礼、乐并置共论,且置"诗"于礼、乐之前——"兴于诗,立于礼,成于乐"(《论语·泰伯》)。这就足见在孔子眼里,"诗"与礼、乐不仅同样重要,且某种程度上"诗"更具有特殊的启发性与感染力,对思想品德、文化知识和文化修养更具重要意义[①],因而他希望人们更重视"诗"。

在孔子看来,《诗经》既可作为维护社会等级秩序的工具,也可作为一般人的生活教科书,使人们从中获得多方面的知识,因而《论语·子路》中载:"子曰:'诵诗三百,授之以政,不达;使于四方,不能专对,虽多亦奚以为!'"也正因为此,孔子谆谆教诲他的学生和儿子(孔鲤,字伯鱼)要学"诗":"不学诗,无以言。""小子何莫学夫诗?""女为《周南》《召南》矣乎?人而不为《周南》《召南》,

---

① 参见顾易生、蒋凡《先秦两汉文学批评史》,上海古籍出版社,1990,第80页。

其犹正墙面而立也与?"①

更重要的是,孔子对"诗"的作用提出了自己的看法:

> 诗,可以兴,可以观,可以群,可以怨。迩之事父,远之事君。多识于鸟兽草木之名。

这说明,不仅在涉及伦理道德观念上,"诗"有着深刻的内容,且在识别自然界各种现象时,"诗"也能帮助人们加深认识;更主要的是,"诗"在如何表情达意,如何做感情交流的社会功能上,有着不可忽视的"兴、观、群、怨"的作用。这是孔子对"诗"本身功能的充分肯定,也是他对诗歌艺术特性提出的创造性见解。② 这里,"兴",是指诗歌可以引起人们的联想和想象,以使人们从中获得启发与感悟;"观",指人们通过诗歌可以考察社会的方方面面,包括政治、经济状况,以及人的愿望、品性与志向;"群",指人们借诗歌可达到交流思想、协调关系、促进交融的作用;"怨",谓人们借诗歌可以抒发心中的不满,宣泄内心的情感——喜怒哀乐,其中主要是怨怒。"兴、观、群、怨"说,一方面充分肯定了"诗"的实际功能与作用,

---

① 见《论语》之《季氏》《阳货》。
② 从时间上说,这个见解的提出在文学批评史上可谓最早。

另一方面也让人们认识了作为文学表现形式之一的诗歌的艺术特性——它的抒情性、它的艺术感染力，以及它对社会可能造成的艺术效应。

对"诗"的整体评价，孔子有一句十分著名的话，曰："诗三百，一言以蔽之，曰：'思无邪。'"(《论语·为政》)这句话，既包括了对"诗"的思想内容的概括，也包含了对"诗"的艺术形式特点的肯定。所谓"无邪"，从思想内容看，自然是不违背孔子的伦理道德观，不破坏社会正当的秩序，也就是所谓的"诚正"；而从艺术形式特点看，则其包含了"诗"的语言音调的美，乐而不淫、哀而不伤，以及具有中和之美，这里的不淫、不伤，也即和谐、无邪。不过，话虽这么说，孔子也有将《诗经》中一些作品斥之为"淫"，认为其不符合"无邪"标准的，如他说"郑声淫""恶郑声之乱雅乐也"(《阳货》)，即表示了对"郑声"不符合"无邪"标准的斥责与厌恶，这反映了孔子对《诗经》认识的偏激。因而孔子所谓的"一言以蔽之，曰：'思无邪。'"其实也只是就整体而言，并非绝对的全盘肯定。

但是，不管怎么说，孔子参与编定，以及由此发表的一系列论断，无疑对《诗经》的形成、流传起了十分重要的作用，它起码肯定了《诗经》本身的价值，使《诗经》不久便成为被人们奉若神明的"经典"，而成为后世各种典籍的不祧之祖,地位显赫,影响深巨。

毫无疑问,在促成《诗经》诞生与流播的时代与文化诸因素中,孔子的贡献应属不可忽略的一种,否则,《诗经》恐不会成为今日我们所知和所见之《诗经》了。

第三讲 《诗经》的体制与作者

从二言体到四言诗

《诗经》在体制上的最显著特点,即外观上的"一目了然"之"形"——四言体。305首诗中,最多、最基本的形式,即诗句均为四言——四个字组成一句。这种四言诗是怎么产生的?为何《诗经》时代的诗歌大都为四言体?回答这个问题,我们又要回溯到上古时代的歌谣了。

前面曾谈到,上古时代的原始歌谣乃《诗经》的先源,这是毋庸置疑的确论,那么由此,我们也就自然应该想到,《诗经》的体制——四言体,也是由上古歌谣演变而来的,事实确实如此。

在前所引述的上古歌谣中,我们发现,它们中大多是二言一句(少数例外),如《弹歌》,全诗共四句,每二字(言)一句:"断竹,续竹;飞土,逐宍。"又如《屯·六二》,共六句,也是每二字(言)一句:"屯如,邅如;乘马,班如;匪寇,婚媾。"为什么上古歌谣都为二字一句呢？原因很简单，作为表达人们心声的早期歌吟，乃是一种最原始、最简单的呼叫与吟唱。以劳动歌来说，《淮南子·道应训》载："今夫举大木者，前呼'邪许'，后亦应之，此举重劝力之歌也。""邪许"，仅两个字，从音节来说，它组成了一个独立音节，并能表达独立的意思——劳动的节奏，以及由这种节奏所做的"呼应"——前呼后应。大约正是这个原因，上古时代的大多数歌谣，都以二字为句，形成了诗歌最早的体式——二言体。

二言体表达最简单的劳动呼声和最原始的情感，自然不成问题，即便一件不十分复杂的事件过程，它也能记叙下来(如《弹歌》等)。但是，它毕竟太简单也太简短了，容纳不了伴随人类智慧发展和劳动、生活过程复杂化的语言与感情。这就需要扩展二言体的形式。最简便的方法，就是在二言体基础上的"扩充"——变二言为四言，做简单的重复，于是，四言体便随之诞生了。

说不清楚究竟是从哪一个年代开始，突然二言变为四言，但至少到周代开始时，诗歌流行的形式，不论民间还是宫廷和祭祀场合，都成了四言体的"一统天下"(自然不是绝对)。当然，认真推究的话，保存至今的上古歌谣中，也已出现三言、四言，甚至五言的句式或篇章。不过，它们并不占主要地位，也不是典型形式，只是说明诗体形式的过渡变化，让人们能看到诗歌从二言体到四言体的渐进。

可见，《诗经》的四言体式，并非某天由某人突然发明，也不是谁做出的统一指令规定，而是由于社会发展和生活需要，使得语言——包括诗歌语言，为与之相适应而产生了变化。从形式上看，古人最初或许是运用了最简便的方式，将二言重叠，于是就成了四言。他们发觉这四言在表述事物或表达感情方面，可以容纳更多的内容，抒发更丰富的感情，达到更佳的效果，于是，自然而然地，四言也就取代了二言。

大约正是因为四言由二言重叠、扩展而成，故而我们发现，《诗经》中的许多诗篇，在形式上多重章叠句，不少诗句基本形式不变，只改动一两个字，便衍化成二章、三章以至更多章，以表达一种回环往复的意思或情感，达到"一唱三叹"的效果。例如《周南·芣苢》，全诗的基本单位实际只有一节（两句）："采采芣苢，薄言采之。"而每章的四句，就是这一节（两句）的重复；全诗的三章，就是在一节（两句）重复基础上的再重复，其框架格式是：ABAB，ABAB，ABAB。

采采芣苢，薄言采之。采采芣苢，薄言有之。

采采芣苢,薄言掇之。采采芣苢,薄言捋之。

采采芣苢,薄言袺之。采采芣苢,薄言襭之。

——《芣苢》

其中的唯一变化,只是 B 句的第三个动词做了改换。如果我们将 AB 两句视作两个字的话,岂不是二言重叠变成四言,四言再重复出现而组成诗篇?

当然,话说回来,这样讲,并非《诗经》的四言只是上古歌谣二言体的简单重叠与扩展。事实证明,四言比起二言,不但字句扩多了,而且包含的内容更丰富,所叙述的事情由简单变复杂,所表达的感情更丰厚。仍以《周南·芣苢》为例,它的重叠反复,既表现了劳动过程,又能使人体会到劳动者的辛苦,字里行间还隐隐透出劳动者的某种感情,伴之以乐曲旋律,简单重叠与反复变成了"一唱三叹",味道全不同于二字句所能包含的东西了。像《周南·芣苢》这样,还只是最易辨识的二言体的重叠扩充型,其他变换的作品,其内蕴与色彩就丰富多变,非二言体所能望其项背了。

可见,《诗经》四言体的体式,虽由二言体而来,却远胜于二言体,这是无可辩驳的事实。

集体歌唱与个体诗人

《诗经》较上古原始歌谣已有很大发展，无论体制还是特征都显示了时代的新特点，但还有一个十分明显的"标记"，即基本上仍类同于上古时代的原始歌谣，而不同于楚辞及其后的文人诗歌创作：它是一种集体的歌唱。

我们无论读《国风》《大雅》《小雅》或"三颂"中的哪一部分作品，都可以看到，它们基本上不出现作者姓名（少数例外），且所吟唱、歌咏、记录的内容，大多不牵涉到诗人个人的情感和遭遇，而是一种典型化了的"模式"。这尤其表现在"二雅""三颂"中。《国风》中虽有不少明显属于抒发个人情感的，却也大多不留下个人创作的痕迹。这当中有几方面的原因。首先，《诗经》的采集与编制，本身是集体的工作，官府采集、乐工制作，都是为了周天子的观民风、祭祖，或是作为官府档案保存，不允许也不可能留有个人的任何印记；其次，文学在先秦时代尚未形成自觉的意识，吟诗或歌唱的人也没清醒地意识到他是在从事文学创作，需要有个人的创作权；再次，虽然有些诗篇明显可见个人创作的痕迹——所记叙的事件过程，所抒发的情感，以及所标明的创作者，如《小雅·节南山》《小雅·巷伯》《鄘风·载驰》《卫风·氓》等，却也湮没在大量集体创作的作品之中，无法"脱颖"，有的则已作为诗歌内容的一部分，而令人难以辨识。①

这样，从整体上看，《诗经》依然是一部集体歌唱的诗集，它在诗歌史上乃至文学史上所应标举的，是第一部诗歌总集，而不是个人创作的结晶——非文人诗歌的开端。文人个人创作诗歌的肇始，也即诗人真正地独立出现，乃是屈原，以及由他的创作为代表的成果——楚辞。因此，《诗经》的时代，在诗歌史和文学史上，依然是集体歌唱的时代，类同于上古原始歌谣时代。

但这样说，并不等于一笔将《诗经》的创作权完全划归了集体创作，而不存在任何个人的创作了。事实并非如此。客观情况是，《诗经》时代实际上已出现了个人创作，这包括两个方面：一是现存《诗经》作品中确已标明的；二是从作品的内容与思想感情中可以辨出的。具体来说，如《鄘风·载驰》，《左传·闵公二年》曾记载："许穆夫人赋《载驰》。"《毛诗序》也谓："《载驰》，许穆夫人作也。"从作品所述也可见出，它很具体地表现出了诗主人公个人悯伤的情感。有人以为，许穆夫人是中国诗歌史上第一个诗人（女诗人），她创作了第一篇有文字记载并流传下来的个

---

① 当然这里还有采风官与周王朝不允许留有个人名字的因素。

人独立的作品。这话是否正确,由于没有确凿的资料可以佐证,我们暂且不论,但《毛诗序》署明个人名字的作品,《诗经》中大约只有这一首(且其为史料记载所证实),这是事实。

另外,还有在作品中出现创作者的,如《小雅·节南山》:"家父作诵,以究王讻。"《小雅·巷伯》:"寺人孟子,作为此诗。"其中的家父、寺人孟子,虽无具体名姓,却无疑是创作者的特别指称。那些没有出现个人作者之名(包括《毛诗序》及具体作品)的作品,有的也可从所写内容中辨出个人创作的痕迹,如与《鄘风·载驰》相类的《邶风·燕燕》《卫风·氓》《小雅·正月》等,它们明显不会是集体歌唱或集体创作的产物。

由此,我们可以看到,《诗经》时代的诗歌创作,毕竟已不同于上古原始歌谣时代,它虽基本上仍是集体歌唱,却已不可避免地出现了属于抒发个人意志与情感的个体创作,表明社会已开始承认人的个性,以及个体创作的自由,这毫无疑问是一大进步,是上古原始歌谣基础上的一个大踏步前进。虽然较之战国时代屈原等人完全独立的个人创作,《诗经》应该说还差得远,但它毕竟已经显示了个体在诗歌中的一种存在。这是文学自觉意识产生的前提,也是文学创作由集体迈向个人的一个标志,说明中国诗歌在从集体创作走向个人创作时,并非呈现突变,而是有过一个不为人们所明显觉察的渐变过渡,这个过渡就是《诗经》中所出现的署有创作者个人名字和有着个体创作影子的作品。这就告诉人们,《诗经》是中国诗歌由集体创作走向个人创作的一座桥梁。

第四讲 《诗经》的表现特征

体式表现——风、雅、颂

"诗三百"大体成形后,随之而来的,是当世及后人对其的分类。这种分类,似有多种说法,比较集中且有代表性的,是"六诗""六义"说。

所谓"六诗",源自《周礼·春官·大师》,语曰:"教六诗,曰风,曰赋,曰比,曰兴,曰雅,曰颂。"

所谓"六义",出自《诗大序》(即《毛诗序》):"故《诗》有六义焉:一曰风,二曰赋,三曰比,四曰兴,五曰雅,六曰颂。"

这"六诗"或"六义",实际上只是不同说法而已,其分类是一致的,按孔颖达在《毛诗正义》(卷一)中所说:"风、雅、颂者,诗篇之异体;赋、比、兴者,诗文之异辞耳。"也即,风、雅、颂是诗的内容体式,赋、比、兴是诗的表现方式。

那么,风、雅、颂是依据什么来分的呢?按《周礼·

春官·大师》郑玄注，似乎风、雅、颂的区分乃出于乐工，而《毛诗序》则根据内容划分，《毛诗序》谓："是以一国之事系一人之本，谓之'风'；言天下之事，形四方之风，谓之'雅'。'雅'者，正也，言王政之所由废兴也。……'颂'者，美盛德之形容，以其成功告于神明者也。"《毛诗序》的解释显然代表了汉代人的一种解释，是从"义"的角度来理解并区分诗的。而确实，"诗三百"中，"风"诗多歌咏爱情婚姻和风土人情，"雅"诗多政治抒情味（颂美和讥刺），"颂"诗乃宗庙祭祀乐舞歌词。但是，真要严格区别，这种分法却不免"风"中有"雅"，"雅"中有"颂"，难以明确划一。

另有一种见解，提出风、雅、颂是按音乐分类。如郑樵《通志·昆虫草木略》说："风土之音曰'风'；朝廷之音曰'雅'；庙堂之音曰'颂'。"朱彝尊《经义考·卷九十八·诗一》转引北宋李清臣的话，说得更详细清楚："夫《诗》者，古人乐曲，故可以歌，可以被于金石钟鼓之节。其声之曲折，其气之高下，诗人作之始，固已为'风'，为'小雅'，为'大雅'，为'颂'。"

不过，后人更多相从的，似是朱熹《楚辞集注》中的讲法：

"风"则间巷风土男女情思之词,"雅"则朝会燕享公卿大人之作,"颂"则鬼神宗庙祭祀歌舞之乐,其所以分者,皆以其篇章节奏之异而别之也。

这种说法,其实是整合了内容分类与音乐分类两家说法,使之混为一体。从《诗经》实际内容看,我们发现,由于时间关系和流传中的种种因素,无论风、雅、颂,以今人眼光来看,都不能简单地用单一的分类法"一刀切",它起初大体上按音乐分类,但又不免掺杂其他内容甚至地域的因素,况且音乐在发展过程中本身也会相互影响和渗透,致使后人难以断然区分。

具体地看风、雅、颂,还有许多其他问题,这里,择其要者阐释之。

"风",有风土、风俗、地方色彩之义,也有教化、风化、讽刺的引申义。

"风"分十五国风,即由15个诸侯国家和地区的诗歌组成,它们分别是周南、召南、邶风、鄘风、卫风、王风、郑风、齐风、魏风、唐风、秦风、陈风、桧风、曹风、豳风,号称"十五国风",共有诗160篇。"十五国风"中,对于《周南》《召南》,曾发生较多歧义争论,认为此

"二南"非"二国"，或是乐歌名称。如宋人苏辙将"以雅以南"(《小雅·鼓钟》)释为："雅，二雅也。南，二南也。"虽未分"二南"于"风"之外，却已开"雅""南"并列之先。之后，王质、程大昌、顾炎武等不约而同地认为"南"是乐歌名称。自然他们的具体说法并不一致，但由此，"二南"是指乐歌还是指地域的争议，便持续了数百上千年。郭沫若在《甲骨文研究·释南》中以为南是南方民族乐器，"二南"系由乐器之名而孳乳，为曲调之名。诸说纷纭，不一而足。相对而言，似乎"二南"指地域更有说服力，理由是：一、"二南"划入十五国风之中，其余十三国风均为地域之"风"，唯"二南"例外，似不伦不类，编集者不会如此粗疏、大意；二、"二南"指地域，从字义解亦通，"南"指"南土""南国""南邦"，南国之乐即为"南风"，至于周、召之冠，是周公、召公分治之意，即"周南"为周公统治地区以南之诗，"召南"为召公统治地区以南之诗。当然，这样解释和理解仍不免含混，但毕竟相对合理些。另有人以为，"二南"地区本楚国之地，"二南"为楚国之乐，此亦为一说。

"雅"为何义？《诗大序》说："'雅'者，正也，言王政之所由废兴也。"这是一说。另有一说为："乐尚雅，雅者古正也，所以远郑声也。"(《白虎通义》卷三《礼乐》)显然，前者偏于内容,后者偏于音乐。偏于音乐的,还有释"雅"是乐歌名、朝廷音的。

"雅"分《大雅》《小雅》。据何以分?《诗大序》谓:"政有小大,故有《小雅》焉,有《大雅》焉。"这里以政事分。也有以道德、声音、辞法分的,但风、雅、颂以音乐分,那么,《大雅》《小雅》似也应以音乐分。清人惠周惕以为:"大、小'二雅',当以音乐别之,不以政之大小论也。如律有大、小吕,诗有大、小'雅',义不存乎大小也。"(《诗说》)章炳麟更以为,雅(疋)是近似鼕鼓的一种乐器名,又是一种曲调名。(《大疋小疋说》)

究竟该如何区分和理解?今人《诗经述论》中的一段话说得较清楚:"其实,《小雅》和《大雅》,有同有异。'雅'无论大小,都是西周王畿的乐歌……在流传过程中,由于乐器的发展,土风的影响,用途的扩大,不断发生变化。大、小的区别,当是指'雅'乐发展过程中两个不同阶段。《大雅》属于旧曲,纯粹一些;《小雅》是新曲,受土风影响大一些,因而杂一些。"[1]

细究起来,《大雅》《小雅》的作品,的确也有不同。《大雅》多半为祭祖诗,类似《周颂》,篇幅长,结构严谨,

---

[1] 冼焜虹:《诗经述论》,山西人民出版社,1986,第56页。

少数是宴饮、怨刺诗，其文辞风格古奥、典雅，较空泛，缺乏感情。《小雅》多怨刺时世、感怀身世之作，风格上多含蓄真挚、情感丰富，有近《国风》之处。另外，《小雅》有6篇"笙诗"，"有其义而无其辞"，属"有目无辞"之作。故《小雅》74篇，《大雅》31篇。

何谓"颂"？《毛诗序》曰："颂者，美盛德之形容，以其成功告于神明者也。"朱熹《诗集传》说："颂者，宗南之乐歌，大序所谓美盛德之形容，以其成功告于神明者也。"清人阮元《研经室集·释颂》中说得更明确、具体："颂之训为美盛德者，余义也；颂之训为形容者，本义也；且'颂'字即'容'字也。……岂知所谓《商颂》《周颂》《鲁颂》者，若曰'商之样子''周之样子''鲁之样子'而已，无深义也。何以'三颂'有样，而'风''雅'无样也？'风''雅'但弦歌笙间，宾主及歌者皆不必因此而为舞容。惟'三颂'各章皆是舞容，故称为'颂'。"可见，"三颂"是宗庙祭祀用的舞曲，它连歌带舞，其目的主要不是娱人，而是颂祖和祭祀鬼神，配合礼仪，声调滞重徐缓。

"三颂"包括《周颂》《鲁颂》《商颂》，分别有《周颂》31篇，《鲁颂》4篇，《商颂》5篇。

其实，不管以音乐分类也好，以内容分类也好，甚至以用途分类也好，以今人眼光来看，今存的《诗经》中风、雅、颂的分类，并不严格，它们互相之间多有渗透："颂"诗中并非都是祭诗，"雅"诗中也有反映祭祀的，"雅"诗中并非都言王政之所以兴废，等等。只是历代《诗经》本子流传下来是这个面目，我们自然应明晓它的分类情况，并从中窥得当时编集的原貌及目的。

这里，顺带简单说一下关于《商颂》问题。

《商颂》究竟产生于何时？历来有争议，关键是对《国语·鲁语》中一段话的理解：

> 昔正考父校商之名颂十二篇于周太师，以《那》为首。

究竟孔子七世祖正考父是将原商代的颂歌送到周朝太师那儿去校正音律呢，还是他本人进行整理修订或加工，抑或他本人作诗献之？汉代今文经派（"鲁""齐""韩"三家）以为，《商颂》是春秋时代殷商后裔宋国的宗庙祭祀乐歌，正考父是将自作歌颂祖先开基建业的诗篇献上，故《商颂》是周时的宋诗；然古文经派持不同看法，认为正考父仅得到殷商亡佚的12篇颂诗，做了一番整理正乐工作，到孔子删定时只剩下现存5篇，故《商颂》是商诗。以后历代顺延此两说而发生争议，延续不断。由于时代久远，材料不足，问题复杂，《商颂》争议即成为历史悬案，久而未决。

近代学者王国维撰《说商颂》,以殷墟卜辞证明《商颂》非商代作品;现代学者顾颉刚、郭沫若等也赞成王说,于是《商颂》是春秋时宋人作品几成定论。

但近时杨公骥、公木及赵明等学者分别撰文,以为《商颂》系殷商时作品。公木有《商颂研究》论著,分上、中、下三编,绎释、考校、论说《商颂》五篇,以为《商颂》的确是殷商时代的颂歌;赵明在《先秦大文学史》中专辟《殷商文化与〈商颂〉》一章,从青铜时代的祭祀礼俗、音响舞容出发,论证《商颂》的文化特质及美学意义,断定它是青铜文化精神的产物。文中说:"我们应该把《商颂》置于青铜时代文化、艺术发展的大背景下来认识,因为它本身就是青铜时代的产物,凝定了那个时代的宗教意识、文化精神和审美理想。"[1]

究竟该如何为历史的悬案下一个科学的、符合历史事实的结论?恐怕尚需掌握更有说服力的实据(文献资料和文物考古材料)。

艺术手法表现——赋、比、兴

赋、比、兴是古人总结概括《诗经》艺术表现手法的三

---

[1] 赵明主编:《先秦大文学史》,吉林大学出版社,1993,第134页。

种形式,这三者究竟指何义,有多种说法,不尽合一。

汉代郑玄是较早对赋、比、兴做阐释的,《毛诗正义·关雎·疏》的笺中如此说道①:

> 赋之言铺,直铺陈今之政教善恶。比,见今之失,不敢斥言,取比类以言之。兴,见今之美,嫌于媚谀,取善事以喻劝之。

其后,孔颖达在疏中提出,赋、比、兴是"《诗》文之异辞",是"《诗》之所用",具体解释为:"诗文直陈其事,不譬喻者,皆赋辞也。""诸言如者,皆比辞也。""……兴者起也。取譬引类,起发己心,诗文诸举草木鸟兽以见意者,皆兴辞也。"

相比之下,朱熹在《诗集传》中的定义似更能为人们所接受:"赋者,敷陈其事而直言之者也。""比者,以彼物比此物也。""兴者,先言他物以引起所咏之辞也。"当然也有人以为他的说解于比兴仍有混合不清之处(如清人姚际恒)。

大约正由于解释上的分歧,导致了落实到具体诗篇时的仁者见仁,智者见智。其实,所谓"赋、比、兴",乃是

---

① 郑玄笺在前,《毛诗正义》在后,此处如此说为叙述方便。

后人总结概括而成，用一句通俗的话来说，是后人附加上去的，并非《诗经》作者(集体或个人)创作时的主观意识。很显然，先秦时代，尤其是西周春秋时期(甚而更早些)，文学尚未独立，人们的文学意识尚处于早期朦胧状态，文学、史学、哲学，甚至宗教、神话、民俗等，都处于一种综汇融合的状态或结构之中，很难说写诗(或吟唱)者是在有意识地运用某种创作手法进行艺术创作，因而，他们本人根本没有，也不可能自觉地表明自己的作品是在运用何种艺术表现手法。

然而，话又说回来，汉以后人们对《诗经》表现手法的这种总结，无疑是有价值的，并非无稽之谈。它基本上总结概括出了《诗经》中所出现的艺术表现手法，对《诗经》本身乃至后世的诗歌创作，都甚有裨益。从某种意义上说，这是总结了诗歌创作的一些艺术规律，有利于诗歌艺术的进一步发展。然而，由于各人的视角不同，看问题的方法、观念不同，便导致出现了歧异现象，这也是正常的、可以理解的，我们后人应从中汲取其正确的，弃去其片面的，综合各家之长，以为所用。①

这里，有必要引述一下钟嵘在《诗品序》中的一段见

---

① 有关赋、比、兴在《诗经》作品中的具体体现及特点，详见后文。

解，他从诗歌创作过程和艺术欣赏美感角度，对赋、比、兴做了阐述，颇能给人以启示：

> 诗有三义焉：一曰兴，二曰比，三曰赋。文已尽而意有余，兴也；因物喻志，比也；直书其事，寓言写物，赋也。宏斯三义，酌而用之，干之以风力，润之以丹采，使味之者无极，闻之者动心，是诗之至也。若专用比兴，患在意深，意深则词踬。若但用赋体，患在意浮，意浮则文散，嬉成流移，文无止泊，有芜漫之累矣。

虽然，钟嵘所释"三义"未必能令人全部接受，但其中说道："宏斯三义，酌而用之，干之以风力，润之以丹采，使味之者无极，闻之者动心，是诗之至也。"则分明讲到了诗的要义——诗歌创作贵在"有味""动心"，能引发读者产生美感。这就将《诗经》上述三种表现手法上升到了诗歌美学、诗歌欣赏的层次，无疑给诗歌创作指明了方向。

相比之下，赋、比、兴三者之中，对赋与比的认识和界定一般比较统一，也易于把握，而对兴则认识不一，歧说纷见。其实，相对而言，兴可谓《诗经》中特别突出的表现手法。虽然兴的起源是在《诗经》之前，大约原始时代歌谣及图腾歌舞中已可见其端倪，但真正地产生和集中运用,则无疑是在《诗经》之中,也即到《诗经》成集时,兴才作为一种突出而又典型的艺术表现手法,为人们所注目,被人们所总结概括,并随之得到了沿用和发展。但是,兴毕竟不是一种易于分清和掌握的概念,故而长期以来,对它的争议始终不断,对其界说、性质和特点的概括,各有说法,难以统一。不过,从纷繁的异说争议中,我们毕竟能发现,人们实际上已认识到,兴,即比兴,是诗歌形象思维的一种方式,它揭示了诗歌创作中的物我关系,使物我相谐、物情相融,从而创造出了富有魅力的艺术境界。[1] 这里,我们不妨引录一段已故学者牟世金的话,来进一步说明赋比兴的特色:

> ……别的民族在诗歌创作中,也会有直叙、比喻或借物抒情等表现方法,但是,要形成赋比兴这样一个完整体系,被视为"诗学之正源,法度之准则",并长期在诗、赋、词和绘画中普遍使用,又为广大读者所喜闻乐见,这就是我们民族所独有的了。由此,由赋比兴所决定的艺术构

---

[1] 参见赵沛霖《兴的源起》,第6章《兴与诗歌艺术》,中国社会科学出版社,1987。

思特点,就是我国古代诗歌创作构思的特点。①

这个评价,无疑将赋、比、兴三种表现方法提到了更高的高度,视之为"诗学之正源,法度之准则",并认为其影响了后代包括诗及赋、词、绘画等在内的多种艺术形式。可见,对《诗经》赋、比、兴三种表现手法的总结概括确实重要。

---

① 牟世金:《诗学之正源,法度之准则》,载《古代文学理论研究》第1辑,上海古籍出版社,1979,第38页。

第五讲 颂赞之歌 战争之歌

民族史诗

西方有发达的史诗,这已成为公认的事实,古希腊时代的《荷马史诗》,被西方标举为史诗发达的标志。

那么,中国有没有史诗呢?对这个问题,似乎有两种回答:一种观点认为中国人没有民族史诗,不仅以黑格尔为代表的西方人士如此认为,中国学者中不少人也持相同意见;另一种则相反,认为中国有自己的民族史诗,只是篇幅较《荷马史诗》短些罢了,而其性质与特征还是相类的。持后一种意见者的论据,即是《诗经》中记叙周(及商)产生与发展历史的诗篇(以《大雅》中的五篇为主,兼及《商颂》)。

如何衡量史诗?这里有一个标准问题。一般以为,属于反映具有重大意义的历史事件或古代传说,结构与篇幅较为宏大,塑造著名英雄的形象,并富有幻想或神话色彩的,即为史诗。按这个标准,起码《大雅》中的五篇作品——《生民》《公刘》《绵》《皇矣》《大明》,① 是可以列入这个范围的。它们除了篇幅上相对《荷马史诗》短些外,其他方面都基本符合标准(如将此五篇与中国古代一般抒情短诗相比,那它们的篇幅结构也还算是较大的)。

我们试看这五篇作品内容的具体记载与描写。

《生民》《公刘》《绵》《皇矣》《大明》五篇作品被认为是周人自叙开国的史诗。在周人的先公先王历史上,后稷(见《生民》)、公刘(见《公刘》)、太王(见《绵》)、王季(见《皇矣》)、武王(见《大明》),合为周代开国之伟大人物,是周先世具有史诗性质的半神半人式英雄人物。② 这就是说,五篇作品的内容,分别记叙这五位周代开国史上的英雄人物。而他们的事迹,实际上也就是周的开创、发生与发展的历史;其半神半人的色彩,则无疑是幻想与神话的成分。这一切,完全符合史诗的定义。

具体地说,《生民》一诗叙述了周始祖后稷诞生和他发明农业、定居邰地及开创祭祀的史实,诗中关于姜嫄无夫而孕的神话,大约发生于母系社会向父系社会过渡时期;《公刘》记述了周人酋长公刘,率领周人自邰地迁往豳地,开始发展农业,并开创了周的历史;《绵》叙写了古公亶父

---

① 有人以为还包括《大雅·文王》。
② 陈子展:《诗经直解》,复旦大学出版社,1983,第940页。

率领周人，由豳地迁至岐山之南的周原，创业兴国，建立政治机构；《皇矣》歌颂文王之祖太王、之伯太伯、之父王季的美德，并叙述文王的业绩与事迹；《大明》记叙文王、武王自开国至灭商的历史经过。这五篇诗，毫无疑问，是周的史诗，记录了周自先公先王到灭商的整个历史，给后人留下了周的早期开创、发达史，其间杂糅了传说与神话，塑造了五位英雄人物(半神半人)，铺叙了周的创始与发展历史。

这里，让我们试看五篇中的一篇——《生民》，可以较具体地加深认识：

厥初生民，时维姜嫄。生民如何？克禋克祀，以弗无子！

履帝武敏歆，攸介攸止。载震载夙，载生载育，时维后稷。

诞弥厥月，先生如达。不坼不副，无菑无害。

以赫厥灵，上帝不宁。不康禋祀，居然生子。

诞寘之隘巷，牛羊腓字之。诞寘之平林，会伐平林。

诞寘之寒冰，鸟覆翼之。鸟乃去矣，后稷呱矣。

实覃实訏,厥声载路。诞实匍匐,克岐克嶷,以就口食。

蓺之荏菽,荏菽旆旆。禾役穟穟,麻麦幪幪,瓜瓞唪唪。

诞后稷之穑,有相之道。茀厥丰草,种之黄茂。

实方实苞,实种实褎。实发实秀,实坚实好,实颖实栗。即有邰家室。

诞降嘉种,维秬维秠,维穈维芑。恒之秬秠,是获是亩。

恒之穈芑,是任是负,以归肇祀。

诞我祀如何?或舂或揄,或簸或蹂。释之叟叟,烝之浮浮。

载谋载惟,取萧祭脂。取羝以軷,载燔载烈,以兴嗣岁。

卬盛于豆,于豆于登。其香始升,上帝居歆。

胡臭亶时!后稷肇祀,庶无罪悔,以迄于今。

此诗,《毛诗序》谓:"尊祖也。后稷生于姜嫄,文武之功起于后稷,故推以配天焉。"诗开篇即说周民族的发生起于姜嫄,姜嫄踩了上帝的脚印,怀孕生下了周民族始祖后稷。这显然是神话传说，也使英雄人物后稷自诞生起即染上了神话色彩，而后他的成长，受到了牛羊的庇护、大鸟的覆翼。后稷有功于农业，自幼即表现出对农业的特异功能，这使他成了"农业之父"，而祭祀也由他肇始，他在周人开国史上有着不朽的先期功绩。

有关姜嫄生后稷及后稷的事迹，《史记·周本纪》也有一段类似记载：

> 周后稷，名弃，其母有邰氏女，曰姜原。姜原为帝喾元妃。姜原出野，见巨人迹，心忻然说，欲践之，践之而身动如孕者。居期而生子，以为不祥。弃之隘巷，马牛过者皆辟不践；徙置之林中，适会山林多人，迁之；而弃渠中冰上，飞鸟以其翼覆荐之。姜原以为神，遂收养长之。初欲弃之，因名曰弃。弃为儿时，屹如巨人之志。其游戏，好种树麻、菽，麻、菽美。及为成人，遂好耕农，相地之宜，宜谷者稼穑焉，民皆法则之。帝尧闻之，举弃为农师，天下得其利，有功。帝舜曰："弃，黎民始饥，尔后稷播时百谷。"封弃于邰，号曰后稷，别姓姬氏。

毫无疑问，对照《史记》，《诗经·生民》所写，是掺杂神话传说成分的历史,虽然《史记》很可能是参照《诗经》而写,但这起码说明了《诗经》的这五篇作品具有史的价值和成分,称其为史诗应该大致不误。而从另一个角度说,具有史的价值与成分,实际上也就是具有"真"的成分,是"真"的记录与反映(程度不同而已)。因而,在表现与反映民族的历史——其发生及发展的过程上,《诗经》无疑体现了"写真"的特色,我们可以据此窥见《诗经》时代及《诗经》时代之前的社会发展历史、民族产生与奋斗历史。

五篇史诗不仅塑造了具有神话色彩的半人半神英雄,反映了周民族产生、兴国、发展的历史,且同时为周代及后世提供了不少有益的、富有价值的东西。如《生民》,告诉了人们后稷如何发明农业并以自己的特异才能从事农艺,如何创立祀典、对祭祀十分心诚,让人们了解了先秦早期周人从事农业和祭祀的状况。《公刘》,写公刘由邰迁豳,勘测方位地理后率军治田,开后世以军屯田之始,[①]而此记载本身,则无疑是历史上最早的军队屯田记录。《大明》,告诉后人早期周人的天命思想及治国重德的方针,诗中写道:"明明在下,赫赫在上。天难忱斯。不易

---

① 参见陈子展《诗经直解》,复旦大学出版社,1983,第939页。

维王。""乃及王季,维德之行。""维此文王,小心翼翼。昭事上帝,聿怀多福。厥德不回,以受方国。"《绵》,记载了周时人们选择居住地时以占卜预测:"爰始爰谋,爰契我龟。曰止曰时,筑室于兹。"反映了先秦时代人们的迷信天命思想,诗中详细记录了建造宗庙的具体过程及格局规模,让后世人们看到了周人的建筑情况,它是中国古代建筑史的宝贵史料。《皇矣》,从赞美王季的词句中告诉人们,君主的美德在于"其德克明,克明克类;克长克君,王此大邦,克顺克比",倘能做到,则既可受到上帝的称誉,又能获得百姓的拥戴,而其中的具体内涵则是是非分明、善恶分明、教诲不倦、赏罚必信、慈和遍服、择善而从。这就告诫了后世为君者,为君当如此,否则将不是贤君,将不能维持社稷。这种重视统治者自身道德修养的告诫,无疑是极好的"资治"之"鉴"。此外,五篇史诗分别描写了五位君主——英雄人物,其目的,在某种意义上是通过对这些"英雄"(君主)的歌颂,为当世及后世统治者提供借鉴与经验,劝勉为君者,必须以先君为楷模,追求美德,承奉天命,方能保住君位,延续王朝。

毋庸置疑,作为史诗的《生民》等五首诗,不仅具有史诗的意义与价值,而且同时具有政治、经济、军事、文化等多重价值，有着不可轻忽的作用。①

颂赞先王

在《大雅》与"三颂"中，有相当一部分诗篇是讴歌、颂赞先公先王的，它们大都篇幅较长、语言典雅、语气庄重，反映了周人对其祖先及君主的敬重、褒扬与歌颂。比较典型的，如《大雅·文王》：

> 文王在上，於昭於天！周虽旧邦，其命维新。
> 有周不显，帝命不时。文王陟降，在帝左右。
> 亹亹文王，令闻不已。陈锡哉周，侯文王孙子。
> 文王孙子，本支百世。凡周之士，不显亦世。
> 世之不显，厥犹翼翼。思皇多士，生此王国。
> 王国克生，维周之桢。济济多士，文王以宁。
> 穆穆文王，於缉熙敬止。假哉天命，有商孙子。
> 商之孙子，其丽不亿。上帝既命，侯于周服。
> 侯服于周，天命靡常。殷士肤敏，祼将于京。
> 厥作祼将，常服黼冔。王之荩臣，无念尔祖。
> 无念尔祖，聿修厥德。永言配命，自求多福。

---

①《商颂》中的《玄鸟》《长发》，亦有史诗内容，记叙了商族的产生、发展史，兹不赘述。

殷之未丧师，克配上帝。宜鉴于殷，骏命不易。

命之不易，无遏尔躬！宣昭义问，有虞殷自天。

上天之载，无声无臭。仪刑文王，万邦作孚。

文王在周族的历史上无疑是个有功的君主，他为周族的强大与建国立下了不朽功绩，故而周人赞颂他，他也因此成为周族历史上值得颂扬的君主之一（当然，比起他之前的那些半神半人的史诗中的英雄人物，他更具有真实的色彩，更贴近史实）。

诗中对文王的称颂几乎达到了至高无上的地步：开篇即是"文王在上，於昭於天"，而后是"周虽旧邦，其命维新。有周不显，帝命不时。文王陟降，在帝左右"，"亹亹文王，令闻不已"。说明正是由于文王的显德，使得周的国运呈现新气象，周的前途将很光明，因而文王无论进退升降，都在上帝的左右两旁，文王的声誉如日中天。这样的评价，这样的颂赞，应该说是达到了无以复加的地步，它充分体现了周人对像文王这样有功于周的贤明君主的忠心拥戴与顶礼膜拜，读来令人敬叹。

当然，美誉的同时，也包含了期望与劝诫：希望文王治理下的周能多拥有威仪济济的士，那么国就会安宁，殷就会对周臣服；告诫周的君臣，要借鉴殷商丧亡的经验教训，进修自己的品德，配合天命，效法文王，那么，万国诸侯就都会服从，天下就会太平，国运就会久长。

又如《大雅·思齐》，也是歌颂文王的。诗中先写文王的母亲教子之德，继写文王事神、治人两尽其道，自强不息，无时或懈，同时能闻善言而采纳、闻诤言即改进，以至周国"肆成人有德，小子有造。古之人无斁，誉髦斯士"。全篇诗写及文王的修身、齐家、治国，赞美有加，给人以与史诗相类的"神化"之感。

颂赞武王及其后之王的诗篇，其内容也与写文王的差不多，如《下武》一诗，说武王等有圣德，受天命，昭先人之功：

> 下武维周，世有哲王。三后在天，王配于京。
> 王配于京，世德作求。永言配命，成王之孚。
> 成王之孚，下土之式。永言孝思，孝思维则。
> 媚兹一人，应侯顺德。永言孝思，昭哉嗣服。
> 昭兹来许，绳其祖武。於万斯年，受天之祜。
> 受天之祜，四方来贺。於万斯年，不遐有佐。

诗中先赞颂周代有明哲之王，而后武王又合天命而继位于京都，继又有成王兼诚信与孝思，从而使全诗自歌颂先世太王、王季、文王，直到武王、成王，充分表明周是

"后继前步武,代代有哲王"。

有些诗章虽不言明是歌颂哪位先公先王,却可从字里行间体会到是对先公先王所具美德的礼赞。如《大雅·卷阿》,全诗借唱"岂弟君子"——能继续开国先公事业的君王,以颂扬先公先王的德与绩,诗中一面歌唱游卷阿的"君子",一面赞颂先公先王之德:"尔土宇昄章,亦孔之厚矣。""有冯有翼,有孝有德,以引以翼。""颙颙卬卬,如圭如璋,令闻令望。""蔼蔼王多吉人,维君子命,媚于庶人。"这是对当世君王的歌唱,更是对能继承开国先公之德的君王的赞扬,颂德显然是其主要目的,充分体现了周人对先公先王之德的尊崇与膜拜。

另外,《周颂》中有一些篇幅较短的颂德之作,也大多与文王有关,如《清庙》《维天之命》《维清》《天作》《我将》;还有涉及武王与后稷的,前者如《执竞》,后者如《思文》。它们又都与宗庙祭祀相配合,使颂扬先公先王之德如同宗庙祭神般庄重,更显得周人对先公先王的敬重和对德的崇奉。例如《昊天有成命》:

昊天有成命,二后受之。
成王不敢康,夙夜基命宥密。於缉熙,单厥心,肆其靖之。

又如《我将》：

> 我将我享，维羊维牛，维天其右之。仪式刑文王之典，日靖四方。伊嘏文王，既右飨之。我其夙夜，畏天之威，于时保之。

这些乐歌，都是祭祀于明堂而配上帝（天）之歌，因袭了殷人的礼仪，以宗庙祭祀歌颂先公先王。这在"三颂"及《大雅》中占了相当比例，反映了周人对现世君主与政治的颂扬、祈望与希冀。他们希望君主都能像所颂扬的先公先王一样（包括文王、武王等），使周朝政治清明、社会安定、百姓安逸。

自然，应当实事求是地说，上述这些颂美先公先王之作，基本上都只有赞誉之词而无（或罕有）具体史实与业绩，这是以颂德代替了咏史，以抒情代替了叙事，不同于前述史诗类作品。

战争画卷

"诗三百"中大约有十分之一的篇幅，描绘了西周春秋时期接连不断的战争，绘出了这段历史上一幅幅真实的战争画卷。

综观起来，这些战争画卷可以分为两大类：一类是表现作战的自豪感，记录战争的功绩与将士的豪迈。这一类诗大多数是写周朝与周边部族的战争。这些战争或是征伐战，或是防御战。诗篇所抒发的是周朝将士必胜的信念、同仇敌忾的志气，并赞美夸耀他们的英武。另一类多为下层兵士表达对战争的厌恶与厌倦，以及思乡思亲人的情感。战争给他们带来的不是欢乐，而是痛苦。他们离乡背井，长年服役，使田园荒芜，家中得不到照顾。他们怨天尤人，却又无可奈何。

我们先看第一类。

这类诗较多集中于《大雅》与《小雅》中，一般出自贵族士大夫之手。例如《大雅·常武》，先写作战前的准备："整我六师，以修我戎。"接着是声势威赫地出征："赫赫业业，有严天子！王舒保作，匪绍匪游。徐方绎骚，震惊徐方。如雷如霆，徐方震惊！"再就是正式作战了：

> 王奋厥武，如震如怒。进厥虎臣，阚如虓虎。
> 铺敦淮渍，仍执丑虏。截彼淮浦，王师之所。
> 王旅啴啴，如飞如翰。如江如汉，如山之苞。
> 如川之流，绵绵翼翼。不测不克，濯征徐国。

最后，徐国终于归服，王的亲征大获成功，王师凯旋："四方既平，徐方来庭。徐方不回，王曰还归。"

整首诗有始有终地记录了征服徐国战争的全过程，层次清晰，描画真切，生动展示了战争的场面。尤其是"王旅啴啴"这一段，虽然没有实际出现兵戈相见的具体文字，却令人仿佛置身于战争的氛围之中，如见千军万马驰骋疆场，如闻金戈铁马山崩地坼，令人惊心动魄。这是一首逼真展现战争画卷的诗作。

《小雅·六月》一诗在风格上与《大雅·常武》有所不同，它几乎没有出现具体作战的场面，也不记叙战争的过程，而是着重于夸耀兵车的威武强大和我方的军势，以颂扬战争的胜利：

六月栖栖，戎车既饬。四牡骙骙，载是常服。
玁狁孔炽，我是用急。王于出征，以匡王国。
比物四骊，闲之维则。维此六月，既成我服。
我服既成，于三十里。王于出征，以佐天子。
四牡修广，其大有颙。薄伐玁狁，以奏肤公。
有严有翼，共武之服。共武之服，以定王国。
玁狁匪茹，整居焦获。侵镐及方，至于泾阳。
织文鸟章，白斾央央。元戎十乘，以先启行。
戎车既安，如轾如轩。四牡既佶，既佶且闲。
薄伐玁狁，至于大原。文武吉甫，万邦为宪。

吉甫燕喜，既多受祉。来归自镐，我行永久。

饮御诸友，炰鳖脍鲤。侯谁在矣？张仲孝友。

这首诗，《毛诗序》谓"宣王北伐"之诗，朱熹《诗集传》谓："成康既没，周室寝衰，八世而厉王胡暴虐，国人逐之，出居于彘。玁狁内侵，逼近京邑。王崩，子宣王静即位，命尹吉甫帅师伐之，有功而归。诗人作歌以序其事如此。"

这一类诗中，有的未必直接描写战争，但涉及了作战的将帅，对这些将帅做了赞美，有的记录了战争凯旋后对将士们的慰劳，颂扬了将士们的武功。如《小雅·采芑》，着重叙写宣王的卿士方叔率领军队征伐玁狁，全诗对方叔的军功做了赞美。又如《小雅·出车》，赞颂大将南仲出征玁狁胜利而归，慰劳将士们，是一首战争纪功诗。最能体现将士同仇敌忾、一致抗敌的诗篇，应数《秦风·无衣》了，它真实反映了士兵们抗敌的决心与气概，全诗流贯着一股昂扬的气势："岂曰无衣，与子同袍。王于兴师，修我戈矛，与子同仇。"

相比之下，第二类由下层兵士或役夫们唱出的诗歌，更真实也更深切地反映了老百姓对战争的态度与看法。从描写战争画卷的角度看，这些诗作更接近战争的核心内涵，更具有撼人心魄的力量。

如《小雅·渐渐之石》以"渐渐之石，维其高矣"起兴，写"武人"东征的辛劳及他们对战争的厌倦。诗中多次反复出现相同句式"武人东征"，说明"武人"们不知战争何时是终点，而他们自己的感觉则是"山川悠远，维其劳矣""山川悠远，曷其没矣"。《毛诗序》所说不误："乃命将率东征，役久病于外，故作是诗也。"其中"渐渐之石"与"山川悠远"实在是非常形象的实际征役所见和兵士疲惫心理的写照。

《小雅·何草不黄》更是一首闻之令人伤感的充满悲哀情调的诗作，字里行间透出的是出征人的辛酸泪、悲苦情。诗中写道：

> 何草不黄？何日不行？何人不将？经营四方。
> 何草不玄？何人不矜？哀我征夫，独为匪民！
> 匪兕匪虎，率彼旷野。哀我征夫，朝夕不暇！
> 有芃者狐，率彼幽草。有栈之车，行彼周道。

这首诗所唱出的，是真正下层征夫直率坦诚的心声，十分辛酸，十分悲凉。方玉润所说"所谓亡国之音哀以思也"，即点出了此诗的本旨：征役不息，征夫愁怨。换言之，战争再如此打下去，不要说国家遭难，连参与作战的士兵们也要怨声载道了,"周衰至此,其亡岂能久待?编《诗》者以此殿《小雅》之终"(方玉润《诗经原始》)。

《豳风·东山》一诗是《国风》中一首比较典型的反映战争的诗篇。全诗写周公东征,以一个退役归家士兵之口唱出,更具有厌战色彩。诗中较多地叙写了出征返归的士兵想象家园荒芜、家室重聚之情景,益发烘托出思家之殷切,从而反衬出厌战、反战的心理状态。这是一幅从侧面描画战争残酷的真实画卷,类似作品还有如《小雅·采薇》。

毫无疑问,《诗经》中所记录和反映的有关战争的诗篇,既真实、形象地描画了战争本身,又多色彩、多层面地刻画了参与战争的人士——从将帅到普通士卒,以及他们对战争的态度。其中既有民族的自豪感,同仇敌忾的志气感,威武雄壮的气势感,也有反对战争,厌倦战争,希望战争早日结束,重归家园与亲人团聚的真情实感,多重情感交织成了一幅幅真实而又生动的战争画卷,给人们留下了深刻印象,为历史提供了宝贵的借鉴。

这里,我们还应特别提到一些也是写战争但并不正面反映战争,而是通过思妇想念征夫(有的是役夫——诗中未明写),来刻画人们对战争给自己带来痛苦的感受。这些诗篇一般集中于《国风》中,它们具有民歌色彩,感情质朴，文字清新，人物形象鲜明。如《卫风·伯兮》写一个女子因夫出征，思念之切，竟不施膏沐，说："谁适为容！"诗中写道："自伯之东，首如飞蓬。岂无膏沐？谁适为容！"这种"首如飞蓬"、不施粉黛的形象，恰是对战争最好的回答！又如《王风·君子于役》，将一个殷切思念役夫的女子置于田园乡村的背景之中，营造出一种极能引起共鸣的氛围，从而衬托出主人公对战争（服役）的态度：

> 君子于役，不知其期。曷至哉？鸡栖于埘，日之夕矣，羊牛下来。君子于役，如之何勿思！

这样的诗，人物形象及其情感呼之欲出。

第六讲 怨恋之歌 劳动之歌

政治怨刺之歌

上述赞美先公先王的颂诗，基本上产生于周朝初建，封建礼制与道德确立及完善时期，时间大约在西周初、中期，作者大约都是些贵族士大夫。到了西周中晚期及东周初，周朝出现礼崩乐坏的局面，政治逐步衰退，君主腐败残暴，人民怨声载道，于是，相伴而生的便是怨刺类的诗了。这些诗，怨刺的是"王道衰""周室大坏"，其目的主要在于告诫当政者，要实行善政，要接受殷商败亡的教训，以之为鉴，并进而巩固统治。这类诗的作者，大约都是些贵族士大夫——不过，也有区别，《大雅》中显然忧世成分浓些，而《小雅》中结合个人身世遭遇的感慨多些，因而，《大雅》的作者或许社会层次与地位较之《小雅》的作者要高些。

这类怨刺诗有一个共同点：比较真切地道出了社会的痼疾、君主的弊端、自身的感痛，有的直截了当地呼唤从善去恶、拯救衰世。读来有切肤之感，甚至令人震撼。相对来说，《大雅》的怨刺诗愤激中多说理、少讥刺，《小雅》的怨刺诗则言辞激切，情绪怨怼，锋芒尖锐。

例如，《大雅·荡》是一篇比较典型的直接鞭挞厉王无道的怨刺诗，诗中感伤天下的朝纲无纪、礼崩乐坏，全篇以殷商为鉴，讽喻周室。诗的每一段开头几乎都以"文王曰咨，咨女殷商"起首，其实是借殷商话周室。孔颖达《毛诗正义》首段疏云："此下诸章皆言'文王曰咨'，此独不然，欲以荡荡之言为下章总目，且见实非殷商之事，故于首章不言文王，以起发其意也。"诗中所言殷商的诸般"劣迹"，其实都是讥刺厉王的无道、大坏——凶暴强顽、搜刮剥削、骄横跋扈、品德不明，致使国内民怨沸腾，国家命运几乎倾垮。魏源《诗序集义》说得更切中要害："幽厉之恶莫大于用小人。幽王所用皆佞幸、柔恶之人；厉王所用皆强御掊克、刚恶之人。……厉恶类纣，故屡托殷商以陈刺。"

又如，《大雅·抑》所写，既是讽诫，更是直刺："其在于今，兴迷乱于政。颠覆厥德，荒湛于酒。女虽湛乐从，弗念厥绍。罔敷求先王，克共明刑。"应该说，这些话直截了当地刺及了要害，指明君主只是耽荒于酒色之乐，不顾及先王的传统，不执行明定的法度，如此而行，国家怎么可能保住社稷，怎么可能不走向衰亡？

《大雅》中的政治怨刺诗不少在怨刺的同时，寄寓了规谏，显示作者一面感慨世道的崩坏，一面还是企望君主能弃恶从善，医治痼疾，以利社稷。如《民劳》一诗，反复咏叹"民亦劳止"，旨在指出应该让百姓"小康""小休""小息""小愒""小安"，安抚他们，才能绥靖四方；同时又提出一系列的治国良策，如"无纵诡随""柔远能迩""式遏寇虐，无俾民忧""无俾作慝""俾民忧泄""无俾正败"等，这些良策，无疑都是忠言，都甚裨于治国安民，体现了作者的殷殷之情、拳拳之心。

《小雅》的怨刺诗，相较《大雅》，作者的层次虽低些，情怀却更激切，措辞也更尖锐。如《节南山》，为自称"家父"者所作，矛头针对师尹——一位执政大臣，《毛诗序》以为它旨在"刺幽王"——此实是追根溯源之语。诗中写道：

> ……
> 赫赫师尹，民具尔瞻。忧心如惔，不敢戏谈。国既卒斩，何用不监？
> ……
> 赫赫师尹，不平谓何？天方荐瘥，丧乱弘多。

> 民言无嘉,憯莫惩嗟。

诗人指责师尹"弗躬弗亲""弗问弗仕""琐琐姻亚",以至大声疾呼:"昊天不傭,降此鞠讻。昊天不惠,降此大戾。""昊天不平,我王不宁。不惩其心,覆怨其正。"这些话都已讲到极点了,否则诗人绝不会说:"家父作诵,以究王讻。"换言之,表面上矛头指向师尹,实际上根子还是在"王"身上——《毛诗序》所言不差。当然,诗人之所以这样写,目的也很清楚,他是为了"俾民"之"宁",民不宁,"忧心如酲"。这充分体现了"家父"类士大夫们的忧国忧民之情。

《正月》一诗写得更拨动人的心弦,其风格有类《国风》。诗以形象的比拟,描述了诗人内心的煎熬,讽刺鞭挞了社会的不公平与黑暗。诗中有一段话十分形象地摹画了这种情状:

> 谓天盖高,不敢不局。谓地盖厚,不敢不蹐。
> 维号斯言,有伦有脊。哀今之人,胡为虺蜴?
> ……
> 心之忧矣,如或结之。今兹之正,胡然厉矣?

这样的描写与刻画,无疑是异常犀利的揭露与讽刺,其效果十分强烈，给人留下极为深刻的印象。《小雅》中类似作品还有如《十月之交》《雨无正》《小旻》《小宛》《小弁》等，这些诗所吟唱的，都是由社会恶劣现状而导致的哀怨、痛苦的呼号——"民莫不穀，我独于罹。何辜于天？我罪伊何？心之忧矣，云如之何？""天之生我，我辰安在？""心之忧矣，宁莫之知？"（《小弁》）进而，诗人们由对国与王的指责，直接刺及了上天，其锋芒非《大雅》可比。如《雨无正》写道："浩浩昊天，不骏其德。降丧饥馑，斩伐四国。旻天疾威，弗虑弗图。舍彼有罪，既伏其辜。"《小旻》写道："旻天疾威，敷于下土。谋犹回遹，何日斯沮？"这就完全无视了周朝的伦理纲常，属于"大逆不道"了，但是诗作者似乎并无顾忌，而是直抒胸臆，无遮无拦，令人感到痛快淋漓，心绪为之一振。

政治怨刺诗写到这个地步，一则说明社会确实已到了令人难以容忍的地步，不予以讥讽、鞭挞，简直令人无法忍受；另一则也说明，撰写这些诗篇的作者，确是在做发自内心的呼唤与吟唱，他们的规劝与讽谏，既是深切的，也是真诚的——虽然出发点不尽一致，效果也未必都十分明显。

劳动者之歌

所谓劳动者之歌,包含两个方面:一是从事当时社会主要劳动——农业生产的劳动者所吟唱之歌,二是从事其他劳动(如畜牧、狩猎、采摘等)的劳动者所吟唱之歌。他们的这些歌,同时又包容多种色彩:喜悦与悲苦交杂——在诗中的体现是或喜,或悲,或悲喜交加。不过,不管怎么样,这些由劳动者所唱之歌,或歌唱劳动之歌,都真实而又形象地反映了西周春秋之间人们勤劳耕作、认真从事生产的情景,表达了他们的生活情绪,传达了民风和乡土气息,后世人们借此可一窥奴隶社会和封建社会交替之际,以及封建社会初期,农业生产与其他劳动生产的状况,了解周代社会背景下"劳者歌其事"的情况。

《周南·芣苢》是一首妇女采摘芣苢时所唱的劳动短歌,全诗洋溢着一股欢快的调子。虽然诗的本身并没有具体说明劳动者的神态与情绪,甚至连劳动者的形象都没出现,但全诗三段通过六种不同动作——采、有、掇、捋、袺、襭,构成了整个劳动过程,体现了劳动者的欢快与勤劳。诗中连续出现的"采采芣苢"句,表面上似有简单重复之感,实际上形象地反映了采摘妇女连续不断的动作和她们的劳动热情。对这首诗,方玉润《诗经原始》的一段解说十分富有情趣："读者试平心静气，涵泳此诗，恍听田家妇女，三三五五，于平原绣野、风和日丽中，群歌互答，余音袅袅，若远若近，忽断忽续，不知其情之何以移，而神之何以旷，则此诗可不必细绎而自得其妙焉。"这段解释可谓点到了"神髓"，且富有诗意，为读者展示了生动的劳动画面，令人有置身画中之感。

《魏风·伐檀》似乎是劳动者借劳动发泄内心不平的歌唱，他们在河岸边砍伐檀树，每每砍伐之际，便发出不平的呼声：为什么那些"不稼不穑""不狩不猎"者，却可"取禾三百廛""庭有悬貆"？而我们这些不停地砍伐着的劳动者，却长年不得温饱，还要不停地砍伐下去？这呼声直率而又严厉，直指剥削者的要害。

最能表现劳动者一年四季不停忙碌，生活却依然贫困的诗篇，当数《豳风·七月》了，这首生动记录农事的劳动者之歌，充分展现了农夫们一年忙到头的实际劳动情景：正月，修理农具犁头——"三之日于耜"；二月，打起赤脚板做工——"四之日举趾"；仲春日子，采桑女子采摘柔嫩新桑——"春日载阳""女执懿筐""爰求柔桑"；七月，烹煮菜与豆——"七月亨葵及菽"；八月，准备齐做蚕箔的芦荻，用斧头砍伐桑枝——"八月萑苇""取彼斧斨""以伐远扬"（还要忙着收获、扑枣——"八月其获""八月剥枣");九月,修筑场圃、拾苴麻做羹汁——"九月筑场圃""九月叔苴";十月,晚稻收割,把庄稼交纳——"十月获稻""十月纳禾稼"(还得去宫室里做工——"上入执宫功""昼尔于茅,宵尔索绹");十一月,去狩猎——"一之日于貉";十二月,凿冰块建冰窖——"二之日凿冰冲冲"。这一切,真正是立体地展现了农夫一年忙到头的辛勤劳动形象,给读者展示了一幅幅西周春秋时期的农事图。透过这一幅幅图画,读者看到的,不光是农夫们辛苦劳作的情景,还能看到当时社会不同阶级在衣、食、住、行方面的悬殊差别,深刻体会到社会的不平等。这首劳动者之歌,虽然毫无疑问曾经过周代乐官们修润加工,却仍相当真实地揭露了社会的不平等与黑暗,唱出了劳动者——农夫们心中的强烈不满,具有鲜明强烈的感情色彩和重要的社会意义。[①]

《诗经》中还有一部分诗,虽然主要内容是反映宗教祭礼,属于贵族阶级的祭祖歌或宴飨歌,但其中也多少表现了劳动者的劳动与生活状况,它们不属于劳动者之歌,却有着劳动者劳动形象的影子。例如《周颂·载芟》写有:"载芟载柞,其耕泽泽。千耦其耘,徂隰徂畛。……有依

---

① 对此诗的文化价值,拟于后文述之。

其士，有略其耜，俶载南亩。播厥百谷，实函斯活。"又如《周颂·嘻嘻》写有："率时农夫，播厥百谷。骏发尔私，终三十里。亦服尔耕，十千维耦。"《小雅·大田》中写到拾穗寡妇，似乎更真实地表现了在残酷剥削下贫苦劳动者的饥馑生活——虽然只是侧影，并非诗章的重点，却也让人们听到了下层劳动者的一声吟唱："彼有不获稚，此有不敛穧；彼有遗秉，此有滞穗：伊寡妇之利。"

怨歌、恋歌及其他

《诗经》中的男女情爱相恋曲，几乎都集中于《国风》部分，它们抒发了男女青年之间互相爱慕、追恋之情，记录下了男女青年之间为爱情的得到与失去而产生的或欢或怨的情感。这些相恋曲，有的是大胆直率的真情表白，有的是微妙细腻的心理刻画，有的是含而不露的感情寄托，有的是借物表情，有的是借景烘托，有的是打情骂俏，有的是坦率对白——千姿百态，众花竞放，展示了相恋曲的多种情致、异样心态。可以说，《诗经·国风》部分的相恋曲，是中国古代诗歌史上最早，也是最集中、最典型的表现男女爱情的组诗，它为后世爱情诗的创作提供了典范。

我们试举一些较典型的代表作品，加以剖析和说明。

《秦风·蒹葭》一诗，以一种飘逸、朦胧的格调，描绘了主人公倾诉自己思绪的情景。诗中倾诉情感的主人公似乎是在河边寻觅意中人。他面对秋晨河中之景，产生了一种朦胧的意向。他多次试图"溯洄从之"，却又难以抵达目的地，于是，意中人始终恍恍惚惚地如梦幻般似有似无，而整首诗也在这朦朦胧胧中尽情地抒发了主人公的思恋之情。有味道的是，三段诗随着一些词语的变换，如"苍苍""萋萋""采采""为霜""未晞""未已"，而使整首诗的情调有着一种情深意长、一唱三叹的"咏叹"味，使读者仿佛置身于这"蒹葭苍苍，白露为霜"的境界之中，心绪随同主人公一起寻觅那似幻影般出没的"伊人"。

与《秦风·蒹葭》有异曲同工之妙的，是《周南·汉广》。自然，《汉广》明确写到了"之子于归"，说明那女子不可求，但诗的第一段，却是同样地表达了求之不可得的情思：

南有乔木，不可休思。汉有游女，不可求思。
汉之广矣，不可泳思。江之永矣，不可方思。

有人以为，这首《汉广》是明知不可为而为之，明知不可得而思之，表现了一种失望中仍抱希望、希望中又蕴含失望的复杂心态。① 这话说得有道理。不过,较之《秦风·蒹葭》,它一方面把意中人想象得更为高洁、神圣(系汉水神女),另一方面,则又更直露些,而少了些含蓄和朦胧。

有趣的是那些富有打情骂俏、嬉笑谐谑风格的相恋曲,它们充分反映了青年男女在爱情上纯真、大胆、无拘无束的态度和风格。例如《郑风·褰裳》诗,写道:

> 子惠思我,褰裳涉溱。子不我思,岂无他人?狂童之狂也且!
> 子惠思我,褰裳涉洧。子不我思,岂无他士?狂童之狂也且!

那女主人公明明喜欢"子",却说他"不我思",而他"不我思",我又不怕他——"岂无他人(士)?"这真正是有趣的自白。末句的"狂童之狂也且!"实在是嗔骂之句,乃"恨"中带爱——真是嬉笑怒骂皆有情。

说到"狂童",自然又使我们联想到了那首《郑风·狡童》。当然"狡童"的情况又与"狂童"有所不同,但女子对他的恋情,却应该承认是一致的,只是"狡童"在那女子看

---

① 参见冼焜虹《诗经述论》,山西人民出版社,1986,第160页。

来似乎真的有点"不我思"了,以致弄得那女子寝食不安:

> 彼狡童兮,不与我言兮。维子之故,使我不能餐兮。
> 彼狡童兮,不与我食兮。维子之故,使我不能息兮。

女子对那"狡童"的情,应该说是十分深的,虽然表面上仍有打情骂俏的成分,称其为"狡童",而实际上,实在是有一种失望的感觉。

同样表现失望愁绪,恐怕《陈风·月出》的感情成分更明显、更强烈些。不过,此诗的作者显然不是女子,而是思恋甚深的男子,他以月出美人显现,诉说自己的思恋之极,真有神思恍惚、不可自已之感。当然,如同《秦风·蒹葭》一样,此诗中的女子也处在朦胧的境界中,似幻影一般,给人不可捉摸之感。

最集中大胆叙写男女聚会,并表述爱恋之情的,恐怕要数《郑风·溱洧》了。这首诗,真实地记载了郑国三月上巳日的民俗风情,生动展示了民间男女春日踏青、谈情说爱的风俗,欢快、直率、大胆的情调荡漾于诗篇的始终:

> 溱与洧,方涣涣兮。士与女,方秉蕳兮。女

日观乎？士曰既且。且往观乎！洧之外，洵讦且乐。维士与女，伊其相谑，赠之以芍药。

溱与洧，浏其清矣。士与女，殷其盈矣。女曰观乎？士曰既且。且往观乎！洧之外，洵讦且乐。维士与女，伊其相谑，赠之以芍药。

孔子曾对《郑风》之诗斥之曰："恶郑声之乱雅乐也！""放郑声，远佞人；郑声淫，佞人殆。"[①]孔子这话说得过头了些，他是从维护封建礼教角度看待《郑风》之诗的，实际上，《郑风》所反映的，乃民间淳朴的风俗，男女正当的相悦、相恋之情。对此，孔子其实并非不理解，他显然是站在封建伦理道德观上看问题了，以为此乃有违礼教。在我们今日看来，这些《郑风》诗，非但不应列入排斥之列，相反，应该认真加以保存和整理，因为正是这些诗篇，保留了西周春秋时代的民俗风情，让后人得以了解古代民风民情，了解中国古代的恋爱婚姻状况，有助于对古代文化史的研究。况且，这些诗章的表现风格与手法，也让我们获得了先秦时代爱情诗歌的创作素材，是不可多得的宝贵材料。

借物表情，是《诗经·国风》中较多见的男女之间表述

---

① 均见《论语》。

爱情的一种表现手法，它们或为单赠，或为互赠，以作为表达爱慕之情的信物。例如，《邶风·静女》中，"静女"送给男子彤管和荑：

> 静女其娈，贻我彤管。彤管有炜，说怿女美。
> 自牧归荑，洵美且异。匪女之为美，美人之贻。

男子收到这些象征爱情的信物，自然喜不自禁，"说怿女美""美人之贻"——他把它们视作爱情的象征。

又如《召南·摽有梅》，女子不断将梅投给意中的男子，劝其快抓紧时机，这里的梅即成了爱情的借代物。《卫风·木瓜》则更是直截了当地互赠爱情信物，以物寄情：

> 投我以木瓜，报之以琼琚。匪报也，永以为好也。
> 投我以木桃，报之以琼瑶。匪报也，永以为好也。
> 投我以木李，报之以琼玖。匪报也，永以为好也。

有人认为此诗中投木瓜、木桃、木李者为女子（姑娘），其实也未必，诗中并无明确地示意究竟是男投女报，还是女投男报。从诗本身看，其实投者与报者男女均可，而理解为男投女或女投男两者皆可，且更能体现此诗的容量——充分展示了男女互赠以示爱慕之情在当时的广泛与真切。

在相恋曲中，还有一些诗写到了男女之间虽爱之深、思之切，却遭到来自社会、家庭等方面的阻挠与干涉，致使心中之爱不能实现，只能借诗篇以抒发怨情。这些作品，表现了爱情的另一侧面。比较有代表性的，如《郑风·将仲子》，诗中写道：

> 将仲子兮，无逾我里，无折我树杞。岂敢爱之？畏我父母。仲可怀也，父母之言，亦可畏也。
>
> 将仲子兮，无逾我墙，无折我树桑。岂敢爱之？畏我诸兄。仲可怀也，诸兄之言，亦可畏也。
>
> 将仲子兮，无逾我园，无折我树檀。岂敢爱之？畏人之多言。仲可怀也，人之多言，亦可畏也。

女子对男子（仲子）是爱的，却由于父母、诸兄及"人之多言"，而不得不说"岂敢爱之"——一句话道出了心声:因客观外界的逼迫,不得已,只能将深深的爱埋藏于心中,然又不能不予以表白,以免对方(仲子)误解。这种想爱、要爱,却又不敢爱的复杂心态,在诗中得到了充分的展露。相恋本身是富有情意和美好的,而这首诗(包括与此同类者)则是从另一侧面体现了男女恋情。

同样因客观原因(如父母之命),造成相恋不成而痛苦不幸的歌唱,还有如《鄘风·柏舟》,诗中唱道:

> *泛彼柏舟,在彼中河。髧彼两髦,实维我仪。之死矢靡它,母也天只!不谅人只!*
>
> *泛彼柏舟,在彼河侧。髧彼两髦,实维我特。之死矢靡慝。母也天只!不谅人只!*

这首诗的感情色彩,显然比《郑风·将仲子》更浓了,歌唱的女子(诗中主人公)发出了誓死不嫁他人的诺言,并对父母的阻挠、干涉提出了强烈抗议,她喊出了久蕴于内心的不平心声:"母也天只!不谅人只!"这呼声,代表了她追求婚姻自由的强烈愿望,显现了她面对强压无所畏惧的刚强性格和对爱情的忠贞不贰,这是《将仲子》一诗中那位"畏"这"畏"那的女子所不可相比的。从这首诗中,我们也看到了,导致这个时代相恋曲中"怨情"产生的因素,主要来自社会的礼乐制度和传统的观念,在相当程度上,男女婚姻的自主权并不握在男女青年本人手上，而是取决于社会条件、媒妁之言、父母之命，这就导致产生种种不幸与痛苦，而对这种不幸与痛苦加以倾吐或抒发的，便是这类充满"怨情"的相恋曲。

相恋曲中还有一种表现对爱情专一不贰、反映纯情男子忠贞于爱情和对所爱女子痴迷执着的作品。比较典型的有《郑风·出其东门》，诗中写道：

> 出其东门，有女如云。虽则如云，匪我思存。缟衣綦巾，聊乐我员。
> 出其闉阇，有女如荼。虽则如荼，匪我思且。缟衣茹藘，聊可与娱。

诗中分别写到"有女如云""有女如荼"，给人眼花缭乱之感，但面对此状，诗的主人公——痴情男子，居然丝毫不为之所动——"虽则如云，匪我思存""虽则如荼，匪我思且"，这实在不太容易。试想，一个贵族男子，面对众多如花似玉的女子，会口出"匪我""匪我"，仍思念其心中那个"缟衣"女子，可见其对自己心中所爱女子的钟情如一。这位"缟衣"女子，究竟属妻子还是情人，诗中没有明确交代，按"诗序"和历来评注家言，以为应是"室家"，即妻子，但如果理解为所钟情的恋人，也未为不可。从诗中所写可以看出，这位男子在感情问题上是十分慎重而又严肃的，他绝不因自己的妻子(或情人)是"缟衣綦巾""缟衣茹藘"而在"如云""如荼"的女子们面前"不知所措"。可以想象，那些"如云""如荼"的女子中一定有年轻、貌美、花枝招展的女郎，但我们的这位主人公居然一概以不在我意中而予以排斥，他对爱情如此专一与执着，实在令人钦敬。诗篇反映了这个时代男女相恋中的真情实感，殊属难能可贵。

同相恋曲相比，描写婚嫁的诗篇在感情色彩上颇不一样：前者着重于过程的描画，突出微妙的内在情感；后者侧重于结局的描述，虽其中也有欢乐与悲怨，却与相恋本身有着迥然区别。

从婚嫁诗来说，它包含了多种形式与内容，有祝愿、礼赞新婚宴尔的，也有描绘婚嫁场面的，更有对婚嫁本身表现出的不同态度与情绪的描摹。

比如《周南·桃夭》，是赞美民间婚嫁及时之作，诗篇祝愿新娘过门后能"宜其室家"。诗中写道：

> 桃之夭夭，灼灼其华。之子于归，宜其室家。
> 桃之夭夭，有蕡其实。之子于归，宜其家室。
> 桃之夭夭，其叶蓁蓁。之子于归，宜其家人。

诗篇以桃花的嫩红、桃果的斑斓、桃叶的青翠做比喻，表现人们对新娘婚嫁及时的赞美与祝愿，全诗洋溢着一种欢悦与喜庆的气氛。

《召南·鹊巢》在内容上与《周南·桃夭》相似，也是对新婚女子出嫁的赞美与祝愿，只是对象上可能有差异：《桃夭》是写民间婚嫁而《鹊巢》似是写贵族女子出嫁①，故而场面与气氛有所不一。《鹊巢》中反复唱颂的是"之子于归，百两御之(将之、成之)"。这里的"百两"，显然是指"百辆车子"，这是一般民间女子所不可企及的。不过，两诗所唱的"之子于归"，倒是异曲同声，可见都是歌咏新婚嫁娘。

对出嫁新娘及婚嫁场面着意描画的，大约无过于《卫风·硕人》了。这首诗不仅浓笔描述了出嫁女子的装束、气度和其时的宏大场面，更对出嫁女子本身的美貌竭尽描摹之能事，给后人塑画了一幅美丽绝伦的美女像，成为后代文人描摹美女的典范。

诗一开始先交代"硕人"的高贵身份——"齐侯之子，卫侯之妻。东宫之妹，邢侯之姨，谭公维私"。继之，细致描画了这位"其颀""硕人"的美貌：

---

①陈子展《诗经直解》以为此诗是"言国君夫人婚礼之诗"，见第34页。

手如柔荑，肤如凝脂。领如蝤蛴，齿如瓠犀，
螓首蛾眉。巧笑倩兮，美目盼兮。

这样的美丽体貌，应该说，堪称绝世佳人了，尤其"巧笑倩兮，美目盼兮"，化静为动，化美为媚，似有勾魂摄魄之魅力，将一个出嫁新娘勾勒得惟妙惟肖，活脱脱一朵出水芙蓉。"硕人"的装束、气度，以及婚嫁的场面，也非同一般："硕人敖敖，说于农郊。四牡有骄，朱幩镳镳，翟茀以朝。大夫夙退，无使君劳。""河水洋洋，北流活活。施罛濊濊，鱣鲔发发，葭菼揭揭。庶姜孽孽，庶士有朅。"如此隆重场面与高傲气度，一般民间女子谁能望其项背？诗篇的这种描画，毫无疑问渗透了婚嫁当事人的骄矜炫耀与旁观者（包括诗作者）的钦慕艳羡。类似风格的作品，还有如《召南·何彼秾矣》，也是描写出嫁女子的身份、场面与美貌，只是较之《卫风·硕人》，其写美貌部分要简略得多，仅"何彼秾矣，唐棣之华""何彼秾矣，华如桃李"，而描写场面的句子仅"曷不肃雍，王姬之车"，两者似不可同日而语。

然而，婚嫁并非个个骄矜、人人喜悦。"女子有行，远父母兄弟"，对出嫁女子本人来说，此是不约而同的共

同心态，因而一些诗章较多表现出嫁女子惆怅、失望之情也就在情理之中了。例如《鄘风·蝃蝀》，表现出嫁女子临别父母兄弟时的复杂心态，读之令人动容：

> 蝃蝀在东，莫之敢指。女子有行，远父母兄弟。
>
> 朝隮于西，崇朝其雨？女子有行，远兄弟父母。
>
> 乃如之人也，怀昏姻也。大无信也，不知命也！

虽然有人以为此诗"刺一女子不由父母之命，媒妁之言，而自主婚姻者之作"①，但从诗本身看，这位出嫁女子对于"远父母兄弟"毕竟是抱着依依惜别之情的，她反复两次陈说"女子有行，远父母兄弟"，至少表明了不忍离别、惆怅依恋之情尚浓，否则一走了之，绝不会一别三回头。类似"女子有行，远父母兄弟"的感情及句式，在《邶风·燕燕》等诗中也同样出现，反映了当时社会条件下出嫁女子较为共通的心理。

相对于婚嫁女子这种惆怅表现，已婚女子遭丈夫及夫

---

① 陈子展：《诗经直解》，复旦大学出版社，1983，第156页。

家弃绝的情状，就更令人同情和怜悯了。弃妇诗在这方面做了较深刻的揭示。

首先是贵族夫人遭丈夫闲置——失宠，这种失宠，虽形式上不是遗弃，实际上是受冷落，使婚姻徒具形式，与遗弃不过是一个事物的两种表现。在《诗经》时代，由于夫权至上，女子往往没有地位，她们只能成为男子——丈夫的附属品，这就引致了妇女——妻子的受冷落、遭闲置，乃至被遗弃。在贵族阶层，这种情况的表现形式多半是妾受宠而妻失落，于是妻子为此而抒发内心怨情的诗章便应运而生。如《邶风·绿衣》，以"绿衣"起兴，反复咏叹"心之忧矣，曷维其已（亡）"。又如《邶风·日月》，更直接地道出了内心的不平与痛楚：

> 日居月诸，照临下土。乃如之人兮，逝不古处。胡能有定？宁不我顾。
>
> 日居月诸，下土是冒。乃如之人兮，逝不相好。胡能有定？宁不我报。
>
> 日居月诸，出自东方。乃如之人兮，德音无良。胡能有定？俾也可忘。
>
> 日居月诸，东方自出。父兮母兮，畜我不卒。胡能有定？报我不述。

女子直截了当地指出："乃如之人兮，逝不古处。""乃如之人兮，逝不相好。""乃如之人兮，德音无良。"正是由于不如往时、不能再相好、话不善良，因而女子喊出了"父兮母兮，畜我不卒"。她悔恨自己没能始终守在父母身旁，沐受父母之恩而爱到底。这说明，夫君已将她完全弃置一边，对她冷落相待了。

当然，相比之下，平民女子的被弃逐，其境遇比贵族女子更惨。《邶风·谷风》是一幅极好的写照，《毛诗序》曰："《谷风》，刺夫妇失道也。卫人化其上，淫于新昏而弃其旧室，夫妇离绝，国俗伤败焉。"这话可谓一针见血地道出了诗旨。很显然，诗章揭露了男子的喜新厌旧。做丈夫的去另找新欢，抛弃了旧日的妻室，这对于妻子来说，不啻一个极大的精神打击。诗反映了夫权社会下男女的不平等，寄寓了诗作者对被弃女子的深深同情。诗的第一章所写，是女子的劝慰："黾勉同心，不宜有怒。""德音莫违，及尔同死。"接着诗篇展示了女子被弃逐时的痛苦徘徊与对往日生活的回顾：

> 行道迟迟，中心有违。不远伊迩，薄送我畿。
> 谁谓荼苦？其甘如荠。宴尔新昏，如兄如弟。
> 泾以渭浊，湜湜其沚。宴尔新昏，不我屑以。

> 毋逝我梁，毋发我笱。我躬不阅，遑恤我后。
>
> ……

这是充满血泪的控诉，女子在夫家任劳任怨，将自己的爱心全交与丈夫，而丈夫却毫不讲情意，另找新欢，将昔日糟糠之妻随意抛弃，被弃的妻子确实伤透了心，她是完全出于不得已，才发出了这饱含血泪的控诉之言。

不过，比起《谷风》中的这位被弃女子，《卫风·氓》中的那位女子显然刚强多了。《谷风》女子所唱的，更多的是试图唤醒那昧良心的男子，还带有一点让人哀怜的成分——其实是毫无用处的——这是被弃逐弱女子的不幸与可怜。而《氓》中的那位女子则不然，她虽也同样被弃逐，却表现得刚强自爱，毫不妥协：

> 桑之未落，其叶沃若。于嗟鸠兮，无食桑葚。于嗟女兮，无与士耽。士之耽兮，犹可说也。女之耽兮，不可说也。
>
> 桑之落矣，其黄而陨。自我徂尔，三岁食贫。淇水汤汤，渐车帷裳。女也不爽，士贰其行。士也罔极，二三其德。
>
> 三岁为妇，靡室劳矣。夙兴夜寐，靡有朝矣。言既遂矣，至于暴矣。兄弟不知，咥其笑

矣。静言思之，躬自悼矣。

当然，对于被弃本身，女子自然愤愤不平、悔恨交加，正由于此，她才历述了往昔做媳妇时的含辛茹苦，以及当年"总角之宴"时的"信誓旦旦"。但是，更主要的是，由这种回忆和悔恨激起她的，是以物喻人的对男女情爱真谛的认识："于嗟女兮，无与士耽。士之耽兮，犹可说也。女之耽兮，不可说也。""女也不爽，士贰其行。士也罔极，二三其德。"以及最后痛下决心、一刀两断的坚决态度："反是不思，亦已焉哉！"这就完整而又立体地树起了一个刚强女子的形象，她热情奔放，敢爱敢恨，勤劳善良，忠于爱情，面对不幸刚强不阿——这是个在奴隶时代与封建时代都很难得的完整女性，是个值得歌颂的女子。

只是类似这样表现的女子，在《诗经》中除《小雅·我行其野》等少数篇外，显得少了些，更多的则是《邶风·谷风》中的那一类女子，以及如《王风·中谷有蓷》《郑风·遵大路》《小雅·谷风》等所描写的女子。

除了婚嫁诗、弃妇诗，《诗经》中还有相当一部分抒发情感、叙写人伦的诗篇，这些诗篇难以特别归入哪一类，我们且在这里一并述之。

作为"诗言志、歌咏言"的《诗经》，应该说，抒发内心种种复杂的情感表现，是其主要的内容或主题。此前我们述及的各类诗篇，已分别谈过了，这里再特别看一些表现特殊内涵与情感的诗篇。

未亡人对亡者的怀念与追忆，在《诗经》中有不少。如《唐风·葛生》《秦风·黄鸟》《秦风·渭阳》等，这些诗篇从未亡人口中唱出，寄托了未亡人对亡者的深切怀念及对亡者生前表现的称道，读来颇为感人。如《秦风·黄鸟》写道：

> 交交黄鸟，止于棘。谁从穆公？子车奄息。
> 维此奄息，百夫之特。临其穴，惴惴其栗。
> 彼苍者天，歼我良人！如可赎兮，人百其身！

诗中以基本相似的诗章、句式，哀叹了三个亡者——奄息、仲行、鍼虎，他们是子车氏的三个儿子，都是秦国的贤者，他们的死，引来了秦人的哀悼。《左传·文公六年》记载了此事："秦伯任好卒，以子车氏之三子奄息、仲行、鍼虎为殉，皆秦之良也。国人哀之，为之赋《黄鸟》。"可见，诗篇所写乃史实，而其死因则是无情的殉葬。我们由此诗既感受到了未亡人对亡者的深挚情感，又了解到了那个时代的殉葬制度与习俗。郭沫若在《中国古代社会研究》中专对此诗及此事（指殉葬）谈了自己的看法，他说：

"殉葬的习俗除秦以外,各国都是有的。(就是世界各国的古代也都是有的。)不过到这秦穆公的时候,殉葬才成了问题……同一是关于秦穆公的文章,《书经》最后一篇有《秦誓》。这一篇文章不一定就是秦穆公做的。古代是'左史记言,右史记事',所有古事古言都是出于史官之手。也就像现在的文牍报告秘书都是幕僚做的一样。所以尽管《秦誓》里面把人的价值提到最高点……而穆公自己死的时候偏偏要教三良从葬。这不一定是秦穆公自己的矛盾,这只是时代的矛盾的反映。秦穆公的时代应该是新旧正在转换的时代,这儿正是矛盾的冲突达到高潮的时候。像这样,《秦誓》在高调人的价值,《黄鸟》同时也在痛悼三良。"

郭沫若从他的新历史观角度分析《黄鸟》记述的殉葬三良之事,而《黄鸟》本身,则使我们分明感受到了秦人——未亡人,对亡者——三良的痛悼与怀念。像《秦风·黄鸟》一类诗,可以看作是悼亡诗。

悼亡诗除了悼故人,还有悼思故国的。前已述及的许穆夫人的《鄘风·载驰》是其一,另外如《曹风·下泉》《王风·黍离》以及《小雅·黄鸟》等也是,其中《王风·黍离》所表现的情感尤为真挚、深切。我们试读一段:

彼黍离离,彼稷之苗。行迈靡靡,中心摇

摇。知我者，谓我心忧；不知我者，谓我何求？悠悠苍天，此何人哉！

《毛诗序》谓此诗是"闵宗周也。周大夫行役，至于宗周，过故宗庙宫室，尽为禾黍。闵周室之颠覆，彷徨不忍去，而作是诗也"。此说点中了诗旨，其中所谓"宗周"即西周。这首诗三段（三章）可以说是一层进一层，虽词句基本相同，仅换了个别字词，但在表达情感上给人层层深入之感，真正透出了"中心摇摇""悠悠苍天"那种"彷徨"痛苦的心态。诗中"知我者，谓我心忧；不知我者，谓我何求？"是切中实质的哲理佳句，为后人所称道，对后代士大夫甚有影响。

《诗经》中还有一些感叹人生的诗章，透露的是人生短促、及时享乐的思想，如《唐风·蟋蟀》《唐风·山有枢》《秦风·车邻》等。诗中写道："今我不乐，日月其除（迈、慆）。"（《唐风·蟋蟀》）"子有车马，弗驰弗驱。宛其死矣，他人是愉！""子有钟鼓，弗鼓弗考。宛其死矣，他人是保！""子有酒食，何不日鼓瑟？且以喜乐，且以永日。宛其死矣，他人入室！"（《唐风·山有枢》）"既见君子，并坐鼓瑟；今者不乐，逝者其耋！""既见君子，并坐鼓簧；今者不乐，逝者其亡！"（《秦风·车邻》）这些赤裸裸鼓吹人生在世及时行乐的诗句，今天看来似乎有些太实用主义、太消极，但当时及后世，却对相当一部分文人士大夫产生过影响，至少从汉代及魏晋时期的游仙诗、乐府诗中我们都能找到痕迹。

《诗经》中另有一部分诗，专记宴飨宾客，称"宴飨诗"，或"宴飨通用之乐歌"，这类诗主要集中于《小雅》及《大雅》中，以《小雅》为多。如《小雅·鹿鸣》，"燕群臣嘉宾也。即饮食之，又实币帛筐篚以将其厚意，然后忠臣嘉宾得尽其心矣"（《毛诗序》）。诗中写道：

> 呦呦鹿鸣，食野之苹。我有嘉宾，鼓瑟吹笙。
> 吹笙鼓簧，承筐是将。人之好我，示我周行。
> 呦呦鹿鸣，食野之蒿。我有嘉宾，德音孔昭。
> 视民不恌，君子是则是效。我有旨酒，嘉宾式燕以敖。
> 呦呦鹿鸣，食野之芩。我有嘉宾，鼓瑟鼓琴。
> 鼓瑟鼓琴，和乐且湛。我有旨酒，以燕乐嘉宾之心。

诗中所写，很显然地反映了周代王侯"燕群臣嘉宾"的状况，其中既有宴飨活动场面的展示，也有和谐欢快气氛的描摹，以"呦呦鹿鸣，食野之苹"起兴，又有表现王侯

(明君)诚恳殷切的作用——"鹿得萍,呦呦然鸣而相呼,恳诚发乎中。以兴嘉乐宾客,当有恳诚相招呼以成礼也"(《毛诗正义》)。诗篇本身内容中,还包含了周代礼仪的具体内容,因而,像《小雅·鹿鸣》这样的宴飨诗,应该说是很有文化价值的。类似的诗篇还有如《小雅·宾之初筵》,此诗中所写宴飨,比起《小雅·鹿鸣》,似少了庄重、欢快,多了醉态、丑态,诚如《毛诗序》所言,此诗乃刺"幽王荒废,媟近小人,饮酒无度,天下化之。君臣上下,沉湎淫液"。故而诗中写到了对那些狂饮而不能自制者须斥之以无礼无德("是谓伐德"),并要设立明察仪法的酒监酒史("既立之监,或佐之史"),从而反映出周人对宴飨礼仪的重视。

可见,宴飨诗与周代的礼乐制度直接有关,虽然表面上记载的是宴飨活动本身——欢聚宴饮,而实际上起的作用却远不止于此。从诗句透出的,除了宴飨礼仪和君臣告诫,还有对巩固统治可起到的推进作用,如《小雅·鹿鸣》中"人之好我,示我周行"——嘉宾们向周王进谏治国之道,"我有嘉宾,德音孔昭"——周王赞誉嘉宾、群臣道德高尚、美名远扬,君臣间的这种融洽关系,无疑极利于治国。[①]

[①] 赵明主编:《先秦大文学史》,吉林大学出版社,1993,第238页。

第七讲 抒情美 修辞美

《诗经》,从它产生的时代看,在中国诗歌史上无疑属于前期阶段,因而无论体制、形态等,较之后世作品,都要显得古朴、稚拙得多。然而,《诗经》有其自身独特的艺术特色与魅力,在它古朴、原始的表面形态下,蕴藏着多种艺术美,曾给予后世诗歌创作以极大的影响,对此,历代诗论家都曾予以高度评价。

抒情美

《诗经》305篇作品,若按其内容分类,大致可分为记事、言志、抒情三大类①,其中抒情类较多地集中于《国风》与《小雅》,以《国风》居多。这一类抒情诗,虽所抒之情或欢或怨,或欢怨杂糅,却大多较集中地体现了诗作者或诗篇主人公丰富复杂的感情,字里行间流露出一股抒情

---

① 与风、雅、颂的分法既有区别,又有交叉叠合。

美，读之令人有情牵柔肠之感，颇具情趣。

例如抒情味甚浓的《秦风·蒹葭》一诗，表面上写男女恋情，而实际上留给读者的却是柔婉缠绵的情意与邈远空灵的想象，这种抒情美感，是一般爱情诗作所不能比拟的。诗章中那可望而不可即的情境，那扑朔迷离的伤感，蕴含了不可穷尽又不可言传的意韵，使人嚼之意深、回味无穷。

这里，我们不妨全诗抄录：

> 蒹葭苍苍，白露为霜。所谓伊人，在水一方。溯洄从之，道阻且长；溯游从之，宛在水中央。
>
> 蒹葭萋萋，白露未晞。所谓伊人，在水之湄。溯洄从之，道阻且跻；溯游从之，宛在水中坻。
>
> 蒹葭采采，白露未已。所谓伊人，在水之涘。溯洄从之，道阻且右；溯游从之，宛在水中沚。

与《诗经》中其他写爱情的诗章不一样的是，此诗首先不明确诗中的"伊人"是男子还是女子，这就留给了读者充分的想象余地；而"伊人"的不确定性本身，又使诗章蒙上了一层薄纱,让本来就"在水一方",可望而不可即的意想中人,成了虚渺空幻的想象——这就倍增了诗的意趣与情趣。尤为妙的是,既可望而不可即,又真的"溯洄""溯游"之,也不可能到达(更不可能见到)——多么扑朔迷离,多么撩人心弦!三章的重复,更增加了这种"扑朔"感和"撩人"感。"感情的性状既如此纯粹虚泛,感情的表达又接近象征,这首表现渺茫追寻的情诗遂具有引发不同联想的多重意蕴。一般读者固然可以从诗中所描绘的情景中唤起相似的爱情体验,具有较高艺术素养的读者,则可从诗中所描绘的象征性境界里,产生更丰富深远的联想,唤起某种更广泛的人生体验。"[①]

毫无疑问,像《秦风·蒹葭》这样的诗篇,是体现《诗经》抒情美的典范之作。

与《秦风·蒹葭》相较,《陈风·月出》似从另一个角度展示了抒情美——它更直接、更袒露,却又不失迷人情致。诗也是三章,只是篇幅上稍短些:

> 月出皎兮,佼人僚兮。舒窈纠兮,劳心悄兮。
> 月出皓兮,佼人懰兮。舒忧受兮,劳心慅兮。

[①] 周啸天主编:《诗经楚辞鉴赏辞典》,四川辞书出版社,1990,第325页。

月出照兮，佼人燎兮。舒夭绍兮，劳心惨兮。

"诗写美人只从幻想虚神着笔。……但觉其仙姿摇曳，若隐若现，不可端倪。即此已活描出一月下美人之形象。"①陈子展先生的这一评语可谓中的之语。诗章旨在描画一位意中美人，却让其置身于月辉下的朦胧意境之中，美则美矣，却倍增了朦胧感、虚幻感，这就使诗章的抒情披上了如梦幻般的轻纱，给人一种朦胧美。这种美，与《秦风·蒹葭》有着异曲同工之妙，只是它所描画的人物是月下女子，比《蒹葭》要明确些。

具有抒情美的诗篇中，所抒之情，不光有男女之间的爱情，也有其他方面的感情，它们虽则有时是一种悲情或伤感之情，却也同样能使人产生美感——一种情感之美。

例如表现戍役士兵对戍役的厌倦、对战争的反感，渴望返回家乡与亲人团聚，过上安定日子的《小雅·采薇》篇，即是典型之一。诗篇以"采薇"起兴。薇是一种豌豆苗，以它"作止"——新生，"柔止"——柔嫩，"刚止"——枯硬的变化过程，来比喻戍役——与狎狁战争的时间之长，从而说明虽口头上常言"曰归曰归"，而实际上仍是"不遑启处"，以至"忧心孔疚，我行不来"。整首诗

---

① 陈子展：《诗经直解》，复旦大学出版社，1983，第429页。

强烈地抒发了士兵们厌战思归的心理，字里行间充满了"靡室靡家，狁之故""不遑启居，狁之故""忧心烈烈，载饥载渴"，令人读之颇动恻隐之心。情感的集中爆发点在全诗的末章，诗篇以极为鲜明的反衬，强烈表现了士兵们的感情，给人一种巨大的冲击感：

> 昔我往矣，杨柳依依。今我来思，雨雪霏霏。
> 行道迟迟，载渴载饥。我心伤悲，莫知我哀！

按常理，终于盼到了返归的日子，人们的喜悦自不待言，然而士兵们却是"我心伤悲"；又按常理，人在喜悦的时候，即使天气不是晴空万里，也会云开日出，霞光万道——这不是喜悦者本人有多少呼风唤雨的能耐，而是由于其心情好，似乎眼中的一切也都会随之增色或变佳。然而，此时此境下的士兵们却不，他们的心境完全被"雨雪霏霏"笼罩了，怎么也不能同昔日离开家乡时的"杨柳依依"相比了——这是多么扣人心弦的悲凉心境！又是多么令人吃惊的反衬对比！清人王夫之以为，《采薇》诗的这一表现手法，是一种反衬——以悲衬喜，倍增其喜，即所谓"以乐景写哀""以哀景写乐""一倍增其哀乐"（《薑斋诗话》卷一），这话不无道理。《采薇》诗的末章之表现，毫无疑问是作者展示抒情美的一个极好手法，它让诗篇主人公的浓烈情感在"杨柳依依"与"雨雪霏霏"的强烈反差中得到了充分的剖露，从而给读者一种情感美——虽然这情感中渗入了悲的成分。

这首诗的末章艺术表现，对后世文人创作产生了深刻影响："首四句'兴寄深微'（《香祖笔记》），'善于写物态，慰人情'（《宋景文笔记》），自是'诗三百'中最佳之句（谢玄）。范晞文《对床夜话》云：'《诗》云，昔我往矣，杨柳依依。今我来思，雨雪霏霏。东坡谓退之始去杏飞蜂，及归柳嘶蚷，与《诗》意同。子建云，昔我初迁，朱华未希。今我旋止，素雪云飞。又，始出严霜结，今来白露晞。王元长云，昔往仓庚鸣，今来蟋蟀吟。颜延年云，昔辞秋未素，今也岁载华。退之又居其后也。'愚谓此《诗》句，历汉、魏、南朝至唐，屡见诗人追摹，而终有弗逮。"[①]

抒情美还表现于一些描述与刻画人物的篇章中。如比较典型的描写女子美貌的《卫风·硕人》，其形象之动人、传神，堪称绝世佳人，而这其中，作者所倾注的，以及诗篇所展露的，无疑有着抒情美的成分，给人以充分的美的享受。试看这位"硕人"，不仅有静态的天姿绝色，更有动态的顾盼传神，可谓惟妙惟肖、跃然纸上，仿佛呼之欲

[①] 陈子展：《诗经直解》，复旦大学出版社，1983，第542—543页。

出。诗篇画出的美人图，成了后世历代文人描画美女的楷模与范本，曹植《洛神赋》所描述的洛神，无疑是青出于蓝的典范。

抒情美有时也以想象的方式展示，虽然这种想象表现的并不是喜悦或欢快，更多的是思念或离情别绪，但由于抒写真挚、深切，也颇能触动人的情怀。如《魏风·陟岵》，写一位在远方长期服役的征人，想象父母兄弟如何叮咛自己及早回家的情景，给人以如泣如诉、宛若目前之感：

> 陟彼岵兮，瞻望父兮。父曰："嗟！予子行役，夙夜无已。上慎旃哉！犹来无止！"
>
> 陟彼屺兮，瞻望母兮。母曰："嗟！予季行役，夙夜无寐。上慎旃哉！犹来无弃！"
>
> 陟彼冈兮，瞻望兄兮。兄曰："嗟！予弟行役，夙夜必偕。上慎旃哉！犹来无死！"

这首诗在写法上可谓"三百篇"中的独具一格之作：明明是自己思念父母兄弟，却让父母兄弟代自己言，道出自己心中想说而未说的话；明明是自己想结束远方服役，早日返归家乡与父母兄弟团聚，却一次次让父母兄弟呼唤"犹来无止！""犹来无弃！""犹来无死！"。最妙的是，每一章的开头都是登高望远,而每一次的望远又分别是"瞻望"父、母、兄,极形象,极真切,又极富想象力,既合情合理,又恰如其分,真令人赞叹诗人天才的想象力与绝妙的构思。这是一篇极好的表现抒情美的佳作,也是一篇具有独特艺术风格的力作,在"三百篇"中堪称一等。

修辞美

《诗经》虽说是我国诗歌早期阶段的产物,却已充分运用了多种修辞手法,为诗的艺术美创造了条件。据张西堂《诗经六论》介绍,《诗经》中体现的修辞手法,有20种之多(或谓有20种修辞格)。这里,我们拟择取其中比较有代表性的几种做些阐述,以了解《诗经》的修辞美在"三百篇"中的具体表现。

一、比兴——比喻与起兴

《诗经》中最突出也最典型的修辞手法,是比兴。关于比兴本身的含义,我们已有述及,这里不再重复。从修辞角度言,比兴其实包括两个成分:比和兴。按一般公认的朱熹的讲法,比是比喻,"以彼物比此物也",兴是起兴,"先言他物以引起所咏之辞也"。从《诗经》来看,比兴在具体作品中的表现,既有独立的比和兴——比喻和起兴,也有比兴两者融合运用的,我们这里拟兼而述之。

先看"兴"。这是最具有《诗经》个性特色的修辞手法,后代诗歌创作中虽也有表现者(如屈原诗歌),但无论如何没有《诗经》体现得那么集中,那么有典型性。最能显示"兴"这一修辞手法的,要数"三百篇"的首篇《关雎》了,诗中有最典型的"兴"手法的表现与运用。诗篇题名《关雎》,是"关关雎鸠"的缩写,而"关关雎鸠"即是"兴"。试看诗中所写:

关关雎鸠,在河之洲。窈窕淑女,君子好逑。

诗的本意是写君子求淑女——思恋窈窕的淑女,试图得到她,而诗句的开头却用"在河之洲"的雎鸠的"关关"叫鸣"起兴",此即"先言他物"——雎鸠之"关关",而后"引起所咏之辞"——君子之"好逑"。毫无疑问,"起兴"在这里至少起了启导作用,或者说,它不是直截了当地抒发或叙述诗旨所要表述的内容,而是借用了他者作为引导或开端,这在艺术效果上要比直接表述有味道得多。自然,这里要牵涉到一个问题,即作为"起兴"者的"关关雎鸠",与求偶是否有关系,或者说,雎鸠之"关关",是否即求偶之鸣叫。对此,学界迄今无定论,因为雎鸠究竟是何种水鸟,也还在争议中,人们便无法断言,它的"关关"叫鸣是否一定与求偶有关。不过,不管怎么说,《关雎》这一"兴"手法的运用,无论如何是具有一定艺术效用的。

说到此,我们有必要指出,作为修辞手法的"兴",它在《诗经》中的表现与运用,有两种情况:其一,是借句"起兴",即兴句与原诗主题没有意义上的关联,这种情况,即如《关雎》一诗中的"关关雎鸠"与求偶没有内在联系,而雎鸠也不论它是何种动物;其二,借物"起兴",因景(物)生情,在这种情况下,所兴之物与原诗主题有着一定的内在关联,即如《关雎》中的"关关雎鸠"所表现的乃是求偶,它同"君子好逑"有着内在联系。①

具体从诗篇来看,上述第一种情况在《诗经》中表现不多,如《小雅·采菽》:"采菽采菽,筐之筥之。君子来朝,何锡予之。"采菽本身与后面所述内容没有什么关系,"采菽采菽",纯粹是为了开头或起韵。而上述第二种情况在《诗经》中表现就较多了,它带有某种发生学的意蕴,所兴的物象中具备了诗篇所要吟咏的内涵或意象,如《周南·桃夭》《郑风·野有蔓草》等诗即是典型表现。且看《周南·桃夭》。诗篇写民间嫁娶之事,谓出嫁的女子适宜于

---

① 此处所言两种情况均为假设。

她所嫁的夫家，而诗的每章开首都以"桃之夭夭"起兴。这里，桃枝的嫩夭，显然与女子的出嫁有着内在关联，而"灼灼其华""有蕡其实""其叶蓁蓁"又均具有美艳或祝愿的成分，说明"起兴"之物与诗的本意是有关联的。再如，《郑风·野有蔓草》：

> 野有蔓草，零露漙兮。有美一人，清扬婉兮。邂逅相遇，适我愿兮。

诗以清晨野外的青草沾有露珠起兴，带出诗篇主人公偶遇美女的欢愉心情，这两者之间显然有着可以联系的内涵，所兴物象中包含了诗篇的内容——露珠与清扬婉转的美人体态，乃至欢愉的心情，都是可以相关联的。

"兴"的上述第二种表现，毫无疑问，表明了《诗经》在艺术技巧上已达到了相当高的水准，《诗经》作者已懂得从文艺发生学的角度来创造意象或意境，尽管这种创造还说不上是完全自觉的艺术追求，却在客观上让人们看到了这一点，这无疑是十分难能可贵的。

再看"比"。比即比喻，这个修辞手法在"诗三百"中运用的情况可以说比比皆是。以诗篇而言，如《王风·兔爰》《魏风·硕鼠》等；以诗句而言，那简直是不胜枚举了。《王风·兔爰》，全诗写"我生之后，逢此百罹（忧、凶）"，而均以"有兔爰爰，雉离于罗（罦、罿）"做比喻。这就是说，"兔"在诗中，其实是"我"的比喻对象，"兔"比喻"我"，"我"乃"兔"的所喻对象。同样，《魏风·硕鼠》也是如此，"硕鼠"在诗中是诗章所咒骂对象的比喻物。至于《诗经》具体诗句中的比喻，那可举出一大串，有明喻，有借喻，有隐喻。这些比喻中，有的用了比喻词"如"，有的没有用比喻词；有的喻体与被喻体关系紧密，有的则关系松弛。不管如何，它们作为修辞手法的表现，在诗篇中都收到了一定的艺术效果，为修辞美增添了色彩。

二、夸张与对比

夸张手法在《诗经》中运用得不是很多，但凡运用之处，对刻画诗中人物感情都起了极好的作用。如《王风·采葛》，全诗短短三章，每一章是一个夸张，三章易字而重复，极形象地突出了人物欲相见之情切：

> 彼采葛兮，一日不见，如三月兮！
> 彼采萧兮，一日不见，如三秋兮！
> 彼采艾兮，一日不见，如三岁兮！

诗句中所变者仅被采之物——葛、萧、艾，而不变者，乃相思之情，故作者不惮重复地反复陈说"一日不见，如……"。而"如"字后的内容，则明显夸大其词了。诗篇正由于这夸大，才显示了思念者的所思之切，否则，所说的感情平平而已。夸张手法在这里起了极好的烘托作用——看上去似乎不合情理，实际上完全合乎情理，或者说，貌似悖理而实合情理。同样的例子，《郑风·子衿》也有出现，该诗中第三段(章)谓："一日不见，如三月兮!"作用同上述一样。

对比手法在《诗经》中的运用那就十分广泛了，这里不妨引录《诗经述论》中有关这方面内容的一节①，以做说明：

有两件"物"的对比：

> 投我以木瓜，报之以琼琚。匪报也，永以为好也。
>
> (《卫风·木瓜》)

有两幅"景"的对比：

> 昔我往矣，杨柳依依；今我来思，雨雪霏霏。
>
> (《小雅·采薇》)

---

① 冼焜虹:《诗经述论》，山西人民出版社，1986，第224页。

有两种"情"的对比:

> 不见复关,泣涕涟涟;既见复关,载笑载言。
>
> (《卫风·氓》)

有两类"人"的对比:

> 东人之子,职劳不来;西人之子,粲粲衣服。
>
> (《小雅·大东》)

有两种生活现状的对比:

> 或燕燕居息,或尽瘁事国。或息偃在床,或不已于行。
>
> (《小雅·北山》)

有"今"与"昔"的对比:

> 昔先王受命,有如召公,日辟国百里。今也日蹙国百里,於乎哀哉!
>
> (《大雅·召旻》)

对比如此广泛地使用,对于《诗经》的表情述志,无疑起了很好的作用,它增强了句式的对比度与感情色彩,给人留下了十分鲜明、深刻的印象。

第八讲 韵律美 含蓄美 典雅美

韵律美

《诗经》的韵律美，表现于几个方面，首先是二节拍的节奏。《诗经》大多系四言诗，而四言诗实际由二言体扩展而成，也就是说，从诗的节奏言，最基本的节奏单位是二言，二言的节奏成了一个节拍，于是，四言也就很自然地形成了二节拍的节奏韵律。这种二节拍的节奏韵律，无论如何，较之单节拍更丰富了，既增加了韵律感，也使感情的表达更为复杂，扩大了诗的包容度，使诵读者或吟唱者都更感有味了。

当然，《诗经》的305篇诗，并非全是四言体，除主要为四言外，其中还夹杂着一言、三言、五言等多言。这参差不齐的多言，从节奏上说，无疑增加了多变性，使得原本二节拍为主的韵律，变为了多节拍——从单节拍到三节拍、四节拍，甚而五节拍，大大增加了节拍数，呈现出以二节拍为主的多变节奏，从而增添了韵律美。

《诗经》韵律美的第二方面表现，是诗篇的用韵。《诗经》作为早期的诗歌作品，虽然在诗的格律上尚未形成像后代诗歌那样严格的规矩与约束，却也形成了自己大致有规律的用韵特点，这种用韵特点为《诗经》在诵读与吟唱上增加了美感。

从"诗三百"看，它的诗句构成一般是两句为一个意义上的单元，因而往往偶句（双句）末是节奏强点，奇句（单句）末是节奏次强点。一般来说，押韵的字都在句末，并形成隔句押韵、句句押韵与交错押韵三大基本形式。

隔句押韵的形式一般较为多见，且有首句入韵与不入韵之分。首句入韵的隔句押韵形式如：

> 蒹葭苍苍，白露为霜。所谓伊人，在水一方。
>
> （《秦风·蒹葭》）

这里，"霜""方"为隔句押韵字，"苍"为首句入韵字。首句不入韵的隔句押韵形式如：

> 桃之夭夭，灼灼其华。之子于归，宜其室家。
>
> （《周南·桃夭》）

这里，"华""家"为隔句押韵字，"夭"为首句不入韵字。

句句押韵的，也有两种形式，一种是一韵到底的，一种是中间换韵的。一韵到底的句句押韵者有：

> 硕鼠硕鼠，无食我黍！三岁贯女，莫我肯顾。逝将去女，适彼乐土。乐土乐土，爰得我所。
>
> （《魏风·硕鼠》）

这里，"鼠"、"黍"、"女"（读为"汝"）、"顾"、"女"、"土"、"土"、"所"为一韵到底的韵字。这种一韵到底的手法，读上去有一气呵成之感，从感情上看，它无疑大大增强了色彩，给人一种压抑不住的一吐为快之感。

中间换韵的句句押韵者有：

> 式微式微，胡不归？微君之故，胡为乎中露？
>
> （《邶风·式微》）

这里，"微""归"是同韵，"故""露"是同韵，中间显然换了韵。偶尔也有因句子较多而中间不止换一次韵的，如《豳风·七月》，但这类例子不多见。

交错押韵的情况较之隔句押韵与句句押韵要复杂些了，但它基本上是奇句与奇句押韵，偶句与偶句押韵，如：

彼黍离离，彼稷之苗。行迈靡靡，中心摇摇。

(《王风·黍离》)①

这里，"离"与"靡"押同韵，"苗"与"摇"押同韵。这种交错押韵，造成的艺术效果是错落参差美，读上去有一种抑扬顿挫感。

由于《诗经》产生的时代早，创作者对于格律尚未形成一套完整的设想与规矩，因而具体表现于"三百篇"中的用韵情况比较复杂多变，并不简单划一。② 这种情况本身，为《诗经》的韵律美增添了姿彩，使得《诗经》的韵律呈现出丰富多彩的特点。(上述三种用韵情况——隔句押韵、句句押韵、交错押韵，有时在一些诗中会交叉出现，这便造成了多样式的韵律。)《诗经》的用韵，毫无疑问，为后世的诗歌创作提供了先例，可以说，后世的诗歌用韵规律中多少有着《诗经》的影子，故而顾炎武说："古诗用韵之法，大约有三：首句次句连用韵，隔第三句而于第四句用韵者，《关雎》之首章是也，凡汉以下诗及唐人律诗之首句用韵者源于此；一起即隔句用韵者，《卷耳》之首章是也，凡汉以下诗及唐人律诗之首句不用韵者源于此；自首至

---

① 此诗后半段押韵情况有变化，这里仅引述此段。
② 参见王力《诗经韵读》，上海古籍出版社，1980。

末,句句用韵,若《考槃》《清人》《还》……凡汉以下诗若魏文帝《燕歌行》之类源于此。"(《日知录·古诗用韵之法》)

《诗经》韵律美的第三方面表现,是十分典型而又集中的重章叠句手法(或谓重章复唱形式)的运用。

所谓重章叠句,即诗篇中对所咏唱之内容反复出现,而其基本章法与句式不变,仅变动其中少数动词或形容词,以适应口诵或吟唱。用现代观念来说,它有些像现代歌曲中的副歌,只是副歌仅起反复强调作用,一般并不改换字词,而《诗经》的重章叠句,往往要更换其中一两个字(词)。

为什么重章叠句在《诗经》中会有集中而又典型的表现?这是因为《诗经》作为早期诗歌,主要适用于歌唱与口诵,它的书面功能尚不显著,因而简单的重复便成了重要的结构形式,它既便于记忆,又便于传唱。[①] 从艺术效果上看,这种重章叠句并不是简单的重复,而是起到了感情强化、气氛渲染和对所描摹事物的强调等作用。另外,从叙述者或歌唱者本身来说,相对固定的结构(章法与句式)便于记忆,也便于陈说某一类内容,让听众易于接受和理

[①] 重章叠句本身,自然也是《诗经》原始、古朴性的一种体现。

解，久而久之，重章叠句也就成了《诗经》的一大特色。

《诗经》中运用重章叠句手法的地方，可以说比比皆是，绝大部分诗篇或重章或叠句，我们不必赘举缕述①，这里，仅引一例《周南·芣苢》：

> 采采芣苢，薄言采之。采采芣苢，薄言有之。
> 采采芣苢，薄言掇之。采采芣苢，薄言捋之。
> 采采芣苢，薄言袺之。采采芣苢，薄言襭之。

这首《周南·芣苢》是比较典型的运用重章叠句手法的作品，全诗表现采芣苢的劳动过程，用反复运用同一类型句式的章法，表现劳动者的不同动作与劳动过程，其中个别动词的变换，说明劳动动作的变化与过程的进展，从中反映劳动者的感情，达到叙事抒情的目的。

从音乐上说，重章叠句有一种回环往复的效果，它可以使整支诗歌的节奏显得舒缓，适于吟唱，也适于伴唱。有人认为，重章叠句的运用更多的是为适应合乐的需要；②也有人认为，重章叠句的出现，是上古时代诗、乐、舞合

---

① 具体不同曲式(体式)见后述。
② 顾颉刚：《从〈诗经〉中整理出歌谣的意见》，载《古史辨》，第3册，下编，上海古籍出版社，1982，第850页。

一的表现痕迹①。两种观点应该说都有道理。从时代上说，《诗经》时代无论音乐、舞蹈，都与诗有着密不可分的关系，因为其时文学尚未独立为一个单独的形式，它与哲学、历史、音乐、舞蹈等均融合于一，难以分辨彼此。于是，从内容上说，往往文学中有着哲学与史学的成分；从形式上看，往往诗歌中有着音乐与舞蹈的因子。

这里，我们有必要引述一下近人杨荫浏在《中国古代音乐史稿》中从音乐角度对《诗经》风、雅、颂曲式的研究观点，一窥重章叠句的表现形式及其与音乐的密切关系。②

《诗经》中的重复曲式（即重章叠句），大致有以下几种：

一个曲调的重复，如《国风·周南·桃夭》。

一个重复曲调的后面用相同的副歌，如《国风·召南·殷其雷》。

一个重复曲调的前面用相同的副歌，如《国风·豳风·东山》。

在一个曲调的重复中间，对某几节音乐的开始部分，做一些局部的变化（换头），如《小雅·苕之华》。

---

① 朱光潜：《诗论》，三联书店，1984，第12页。
② 杨荫浏：《中国古代音乐史稿》，上册，人民音乐出版社，1981，第57—61页。

在一个曲调的几次重复之前，用一个总的引子，如《国风·召南·行露》。

在一个曲调的几次重复之后，用一个总的尾声，如《国风·召南·野有死麕》。

在一个曲调的几次重复之前，用一个总的引子，在其后又用一个总的尾声，如《国风·豳风·九罭》。

两个曲调各自重复，连接起来，构成一歌曲，如《小雅·鱼丽》。

两个重复的曲调有规则地交互轮流，联成一歌曲，如《大雅·大明》。

两个重复的曲调不规则地交互轮流，联成一歌曲，如《大雅·瞻卬》。

……

这些多变的重章叠句，虽然不免简单的形式重复伴之以辞意重复，但毕竟它在音乐美学上有着特殊意义，它使曲调显出呈示、展开、再现的形态规律，而不仅仅是连续不断的重复，这就导致了乐曲（诗篇）主题的不断再现与加强。当然，这中间还有具体区别，风、雅、颂三者之间也有所不同。[1]

---

[1] 杨荫浏：《中国古代音乐史稿》，上册，人民音乐出版社，1981，第57—61页。

总之，重章叠句作为一种艺术手法，虽显得简单稚拙，却不失为《诗经》的一个特色，又为《诗经》韵律美添了一道色彩。

最后，《诗经》中大量运用的双声叠韵与重言，也是表现《诗经》语言特色的一个组成部分，它同时丰富了《诗经》的韵律美。

对于《诗经》运用双声叠韵与重言，刘勰在《文心雕龙·物色》中早已指出，他说：

> 是以诗人感物，联类不穷；流连万象之际，沉吟视听之区。写气图貌，既随物以宛转，属采附声，亦与心而徘徊。故"灼灼"状桃花之鲜，"依依"尽杨柳之貌，"杲杲"为日出之容，"瀌瀌"拟雨雪之状，"喈喈"逐黄鸟之声，"喓喓"学草虫之韵。"皎日""嘒星"，一言穷理；"参差""沃若"，两字穷形。并以少总多，情貌无遗矣。

这里所引词例都出自《诗经》，"灼灼""依依""杲杲"等为重言，"参差"为双声，"沃若"为叠韵。毫无疑问，这些双声叠韵与重言在《诗经》中的巧妙运用，对于"写气图貌""属采附声"，起了极好的作用，它们确能"以少总多"，从而使"情貌无遗"。

《诗经》中的双声叠韵与重言,自然都是形容词,它们在诗篇句式中的具体表现是描摹事物的声音与形貌。由于诗作者对这些形容词恰到好处的运用,使它们产生了极好的艺术效果,既逼真地描画出了景物的形状、色彩或虫鱼禽兽的声情音貌,又构成了字音的和谐动听,产生了音乐感,丰富了韵律美。这里特别要指出的是,这些双声叠韵与重言的运用,能具体切合所描述对象的特点,产生事半功倍的效果。例如,状驷马是"旁旁"(《郑风·清人》),如马蹄声声急促铿锵;状河水是"洋洋"(《卫风·硕人》),似流水声声圆转轻滑;还有如"粼粼"形容水的清澈,"迟迟"形容路的长远,"猗猗"形容竹的修态,"习习"形容风的和畅,等等,无不逼真贴切,使所状之貌跃然纸上。

双声叠韵与重言,有的同时出现于一首诗中,如《周南·关雎》中"雎鸠""参差"是双声,"窈窕""辗转"是叠韵("辗转"同时也是双声),"关关"是重言;有的一首诗中接连出现多个重言,如《周南·兔罝》中"肃肃""丁丁""赳赳",特别集中的如《卫风·硕人》,重言多达六个:"河水洋洋,北流活活。施罛濊濊,鳣鲔发发,葭菼揭揭。庶姜孽孽,庶士有朅。"这种现象,构成了《诗经》独特的语言风格，为后世所罕见①，这自然使得《诗经》的韵律具备了特有的美。清人李重华有谓："叠韵如两玉相扣，取其铿锵；双声如贯珠相连，取其宛转。"(《贞一斋诗说》)这话道出了双声叠韵在音响上的效果。其实，无论双声叠韵还是重言，在很大程度上是出于节奏、韵律或音响的考虑，它们与音乐美有着密切关系。由此，我们可以看到，《诗经》的韵律美实际也即音乐美，诗歌与音乐，在上古时代本来就是合二为一的东西。

含蓄美②

《诗经》虽属中国早期阶段诗歌创作的产物，但也已或多或少具备了中国诗歌的传统特色，其中之一，即是含蓄美。所谓含蓄美，是指诗歌作者在创作中有意将所欲言之意蕴藏而不露，以引发读者的想象与联想，从而获得意在言外的审美效果，这便是人们通常所说的"不著一字，尽得风流"(唐司空图语)，"含不尽之意于言外"。

具备这种含蓄美特点的诗篇，主要体现于《国风》

---

① 后世如南宋李清照《声声慢》词，堪称运用重言的典范之作，但毕竟类似例子较少。

② 本节内容参考蒋立甫《风诗含蓄美论析》，载《诗经国际学术研讨会论文集》，河北大学出版社，1994，第367—380页。

部分。

含蓄美的主要表现形式,自然是含而不露——所欲表达的意思不在言辞中流露,而让读者自己去猜度与想象。《国风》部分这种表现较为多见。例如《周南·卷耳》,写女子怀念远行的丈夫,全诗共四章,却只有首章是写实,说女子采卷耳而筐总是不满,表明她"心不在焉"——表面上在采卷耳,实际上却是在怀念远行的丈夫,盼他早日返归;后三章便都是女子想象丈夫远行中的情景。女子如何转到想象丈夫,诗中没有明说,完全要靠读者设身处地去领会、想象。也即,诗中第二到第四共三章的"我",其实是想象中远行的丈夫,而不是女子本人,但这个关系转换,诗篇没有做任何交代,这便是含蓄表现的一种手法。陈子展先生在《诗经直解》中于此下按语说:"作者设为所怀之行人,随所驰驱而怀家。想象入妙。""作者之怀人更不自道一语,却远较自道者意味深长。于此可悟怀人作诗之一法。"类似手法在《魏风·陟岵》中也有表现,诗中每章前两句均先写实,说远行服役者因思念家人而登上山岗远望,而后三句内容中,均转换了笔法,成了远方亲人对他这位远行服役者的叮咛与祝愿。这种转换,诗中并无交代,须凭读者自己想象,这便是含蓄美的一种体现手法——以虚代实,如完全如实交代清楚,诗味就全无了。

又如《郑风·丰》也是如此,前两章写实,女子反复诉说自己悔恨的心情,到后两章,笔锋一转,成了想象中的词——幻想自己盛装以待迎者之来,而结果如何,未置一词。整首诗也是虚实相间,没有说得完全直露,也没有交代整个过程与结果,让读者去设想与补充——诗味全在不言之中。

《桧风·隰有苌楚》是一首触物生情的诗篇,诗中由作者看到野外长得生机勃勃、花果累累的苌楚(阳桃),而触发他念及知识、家室。这其实是一首悲观厌世之作,却不言一句厌世,而只是以触物生情、羡慕阳桃言之,这就倍增了含蓄的诗味,让人有体会不尽之感。郭沫若说得好:诗人"自己这样有知识挂虑,倒不如无知无识的草木!自己这样有妻儿牵连,倒不如无家无室的草木!做人的羡慕起草木的自由来,这怀疑厌世的程度真有点样子了"[①]。

当然,相比之下,最能体现含蓄美的诗篇,莫如那些表现朦胧美的诗章了,它们"妙在含蓄无垠,思致微渺,其寄托在可言不可言之间,其指归在可解不可解之会"(叶燮《原诗》)。一般以为,最能称得上朦胧美的风诗,莫如《秦风·蒹葭》《陈风·月出》了。《秦风·蒹葭》一诗诗旨

[①] 郭沫若:《中国古代社会研究》,《郭沫若全集》(历史编第1卷),人民出版社,1982,第148页。

谓何？众说不一：有曰求贤者，有曰怀友者，有曰追寻恋人者。"伊人"谓谁？无确指，男子？女子？又，"在水一方"，也非确指之地，虚无缥缈，无定所。总之，全诗只是表现一种朦胧的情感——怀恋、追求、寻觅，却不明言究竟怀谁、追谁、觅谁。这就大大增加了诗的魅力，给人无穷的想象余地，具有充分的朦胧美感。《陈风·月出》也是如此，虽然，它的怀人与《秦风·蒹葭》不同，它很明确是怀恋月下之美人，此美人至少词面上是指美女，但话说回来，谁又能说，这美人不是一种借代或象征呢？或许作者这里是借美女抒怀，实际乃追怀友人呢？大约正由于此，才增添了此诗的朦胧美，何况诗又写得扑朔迷离、朦朦胧胧，有一种薄纱笼盖、不可捉摸之感，诗情画意全在那月光流泻的梦幻景致中毕现，读之，令人浮生无穷想象，完全沉浸于忘乎所以的境界之中。

应该承认，《诗经》中含蓄美的表现并不十分典型，至少相对于汉以后的诗歌而言；但是，由上所述，我们也不得不承认，它确实已具备了含蓄美的成分，且在一些篇什中表现得较为充分。这就告诉我们，含蓄美在中国诗歌的早期阶段即已存在，《诗经》中并非仅有早期诗歌的古朴原始美。可以认为，后世诗歌中的含蓄美，多少受到过《诗经》国风的影响，尤其受到像《秦风·蒹葭》《陈风·月出》

这样的佳作影响，只是我们这里难以做展开性引述。

当然，风诗中具有含蓄美特点的，更多的是一些运用比兴手法的诗篇，或者，更明确地说，是运用比拟手法的诗章。这些诗章，由于运用了比拟手法，使喻意丰富，言此及彼，因而增加了含蓄意味，收到了含蓄美的效果，而不似那些直率表露的诗篇，往往言此即此，缺少咀嚼余味。例如《周南·螽斯》与《魏风·硕鼠》即是两个较典型的例子。后者比喻直观，喻体——硕鼠，与喻意——权贵剥削者，基本是一比一的对应关系，从艺术效果上说，它大胆直率，干脆利落，痛快淋漓；而前者则不然，通篇歌咏的是蝗虫（即螽斯）的多子欢乐，喻体与喻意并不一致，喻体——螽斯（蝗虫）多子，而喻意则是借物拟人，颂祷多子多福，兴旺欢乐，这就具有了曲折含蓄美，让人在品味、思索中悟得诗旨，留下的感受较之直率表现显得更丰富、更深刻。

含蓄美的表现形式还有一种是"欲言又止"，即似乎要说出，实际却并不说出，点到即止，欲言又止，颇费猜测，引人思索，其效果是"味道好极了"——这种手法今日俗称"卖关子"。如《鄘风·墙有茨》讽刺卫宣公之子顽与庶母宣姜私通，诗中并不明言，而是反复说道："中冓之言，不可道（详、读）也。所可道（详、读）也，言之丑

147

(长、辱)也。"不可道的内容是什么？具体情节如何？作者欲言又止，而读者仔细想想就应该知晓——诗篇就是如此故意不道其"不可道"的内容，仅点了一下它属丑的范畴，余下的，尽让读者去体会。这种故弄玄虚的手法，确能在一定程度上起到藏而不露、含蓄有味的作用。

自然，应该实事求是地说，比起后世诗歌，《诗经》中表现含蓄美的手法毕竟要浅嫩、稚拙得多，有些诗篇只是比兴手法运用得较好，而本身的含蓄味并不十分浓，费猜的程度也相对较浅。但是，它终究还是应当划归为含蓄风格特征的范畴，其实际效果也在一定程度上有类于含蓄美，因而我们有必要特列一类予以阐发，作为《诗经》艺术美的一个组成部分。

典雅美

如果说，《诗经》主要是《国风》与《小雅》对后世诗歌产生影响的话，那么，展现《诗经》特殊风格而又在后世抒情、叙事诗歌中罕见的，则是《大雅》与"三颂"部分。《大雅》和"三颂"部分的诗歌，虽说抒情味不浓（甚至很少），缺乏人们常说的现实主义风格特色[1]，极少《国风》那样的

---

[1] 对现实主义风格，本书不拟赘述，仅于此提及。

民间气息，却另具一种风格。细究起来，它所具有的美学特质，应该是典雅庄重的美，简称为典雅美。这种美，似乎唯有《大雅》和"三颂"（或许还包括部分《小雅》作品）才具备，这是由其特定内容决定的。

由于《大雅》和"三颂"部分的诗篇主要是由祭祀和朝廷颂歌等产生，其内容本身即决定了它的形式和风格只能是严肃的、庄重的，而不能是抒情的、活泼的（或喜或悲）。于是，典雅自然成了它的代表性风格色彩。我们看《大雅》和"三颂"中的作品，大多句式整饬（多为四言句式），押韵严格，用词多雕饰，章法细密，好似庄严的宫殿、威严的朝廷、正统的祭礼，读上去会令人产生毕恭毕敬之感。这些诗篇较少运用比兴手法，而大部分以铺陈见长，不同于《国风》《小雅》。

试看《大雅》首篇《文王》，那长长的篇幅（共七章，每章各八句），整齐划一的四言句式（个别五言），经严格雕饰的用词，无不显示出周朝的威严、周文王的威严，让人肃然起敬，而整首诗的雍容典雅也于此毕现。《文王》被认为是周史诗之一，它篇幅宏大，气氛肃穆，充溢了庄严的历史感与神圣感。作为对周朝君主之一文王的歌颂与赞美，它既有深沉感，又具教谕性，深厚的内容和庄重的情调构成了典雅的诗章篇什，可以"用在宗祀明堂，用在天子诸侯朝会,用在诸侯两君相见,隐然为周之国歌"[1]。

像《文王》这样庄严肃穆而具典雅美的诗章,在《大雅》及"三颂"中可谓比比皆是,它们中一部分堪称"史诗"(前已有述及),一部分则可称英雄与君主的赞歌,以及祖先颂歌,还有一部分作为祭歌,专用于朝廷与宗庙祭祀。[2]

自然,由于《大雅》和"三颂"过分追求典雅、古奥,诗作不免叙事空泛,缺少真挚的情感,这是这类作品的缺憾,也因此影响了它们的艺术性与传播度。但是,作为《诗经》中特别具有的风格特色,典雅美毕竟是《诗经》艺术美的一个成分,它使《诗经》的艺术美呈现多姿多彩的面貌。

---

[1] 陈子展:《诗经直解》,复旦大学出版社,1983,第861页。
[2]《大雅》中还有少数宴飨诗、怨刺诗。

第九讲 《诗经》的社会功用

春秋引诗与赋诗言志

《诗经》的编集,在春秋时代,主要是为了应用。这种应用包括几个方面:其一,作为学乐、诵诗的教本;其二,作为宴飨、祭祀时的仪礼歌辞;其三,在外交场合或言谈应对时,作为称引的工具,以此表情达意。这三方面,都有其实际作用,而从历史记载来看,似乎第三方面在春秋时期较多见。

《左传·襄公二十七年》记载:

> 郑伯享赵孟于垂陇,子展、伯有、子西、子产、子大叔、二子石从。……赵孟曰:"善哉,民之主也!抑武也不足以当之。"伯有赋《鹑之贲贲》。赵孟曰:"床笫之言不逾阈,况在野乎?非使人之所得闻也。"子西赋《黍苗》之四章。赵孟曰:"寡君在,武何能焉?"子产赋《隰桑》。赵孟

曰："武请受其卒章。"子大叔赋《野有蔓草》。赵孟曰："吾子之惠也。"印段赋《蟋蟀》。赵孟曰："善哉，保家之主也！吾有望矣。"公孙段赋《桑扈》。赵孟曰："'匪交匪敖'，福将焉往？若保是言也，欲辞福禄，得乎？"卒享，文子告叔向曰："伯有将为戮矣。诗以言志，志诬其上，而公怨之，以为宾荣，其能久乎？幸而后亡。"叔向曰："然，已侈，所谓不及五稔者，夫子之谓矣。"文子曰："其余皆数世之主也。子展其后亡者也，在上不忘降。印氏其次也，乐而不荒。乐以安民，不淫以使之，后亡，不亦可乎！"

这段史料所记，是外交场合下交谈时的所谓"赋诗言志"，其实都是称引《诗经》中的篇章或诗句以表示对晋国重臣赵孟的称美，而赵孟则礼貌地予以回敬，双方显得彬彬有礼。

通过赋诗来进行外交上的来往，在春秋时期十分广泛，这使《诗经》在其时成了十分重要的工具。《左传》中有关这方面情况的记载较多，甚至有赋诗挖苦对方的(《左传·襄公二十七年》)，听不懂对方赋诗之意而遭耻笑的(《左传·昭公十二年》)，小国有难请大国援助的(《左传·

文公十三年》)等。大约《左传》引《诗经》达154处之多,称《诗经》而不述诗句者也有6处,共计160处。① 这些称引《诗经》的地方,或劝谏,或评论,或辨析,或抒慨,各有其作用,有些只举诗名而不述诗句,有些则直述诗句,但它们大都有一个共同之处,即如《左传·襄公二十八年》中齐人卢蒲癸所语"赋诗断章,余取所求焉",意即凡所称引之诗,均"断章取义"——取其一二而不顾及全篇之义。这种现象,在春秋时期堪称"蔚成风气"。这就是说,其时《诗经》的功用,似不在其本身,而在于"赋诗言志"者,他想言什么志,则引什么诗,诗为志服务,不在乎诗本意是什么,而在乎称引的内容是否能说明所言的志(有的连这点也不顾及)。这是《诗经》在春秋时代一个实在的,却是被曲解了其文学功能的应用。

赋诗言志的另一方面功用表现,应该说切合了《诗经》的文学功能,是真正的"诗言志"——反映与表现了对文学作用与社会意义的认识,是我国文学批评在早期阶段的雏形。这就是《诗经》中一些篇章自身所言及的内容——表达"讽刺"与"歌颂"(或如后人所说的"美"与"刺")②:

---

① 据罗根泽《诸子考索》。
② 参见顾易生、蒋凡《先秦两汉文学批评史》,上海古籍出版社,1990,第27—29页。

维是褊心，是以为刺。(《魏风·葛屦》)

心之忧矣，我歌且谣。(《魏风·园有桃》)

家父作诵，以究王讻。(《小雅·节南山》)

作此好歌，以极反侧。(《小雅·何人斯》)

寺人孟子，作为此诗。凡百君子，敬而听之。(《小雅·巷伯》)

君子作歌，维以告哀。(《小雅·四月》)

王欲玉女，是用大谏。(《大雅·民劳》)

吉甫作诵，穆如清风。仲山甫永怀，以慰其心。(《大雅·烝民》)

以上这些例子均表明，诗歌作者认识到了作诗的目的与态度，他们以诗来表达自己的思想感情，表达自己对社会、人生的态度，从而达到歌颂、赞美、劝谏、讽刺的目的。这是真正意义上的赋诗言志，也真正切合了《诗经》的文学功能及文学批评作用，因而值得在文学史与文学批评史上记下一笔。

修身养性与治国经邦

《诗经》社会功用的另一方面，是社会(包括士大夫与朝廷统治者)利用它来宣扬修身养性、治国经邦理念。这是《诗经》编集的宗旨之一，也是《诗经》产生之时及其后一些士大夫所极力主张和宣扬的内容。

这方面功用比较典型地反映在孔子的说教及后来的《毛诗序》中。

孔子十分重视《诗经》，曾多次训诫其弟子及儿子要学诗。《论语·季氏》中他对孔鲤说："不学诗，无以言。"《论语·阳货》中他对伯鱼说："人而不为《周南》《召南》，其犹正墙面而立也与！"他自己对《诗经》的总体评价是："诗三百，一言以蔽之，曰：'思无邪。'"这里的"无邪"，是"归于正"，它包括了修身与"为邦"，这就牵涉到了社会功用。可见，孔子论诗，其着眼点主要在于社会功用，即《诗经》对修身养性与治国经邦的效用：一个是做人，一个是治国。《论语·子路》中孔子说："诵诗三百，授之以政，不达；使于四方，不能专对；虽多，亦奚以为？"这是指人们学诗以后所能达到的社会功用。为什么会如此呢？也即，《诗经》何以会有如此的社会功用？孔子认为，关键在于"诗可以兴，可以观，可以群，可以怨"（《论语·阳货》）[1]。这是孔子对《诗经》所做出的具有高度概括性的

---

[1] 此段话还包括："迩之事父，远之事君，多识于鸟兽草木之名。"

"兴、观、群、怨"说，也是他认为《诗经》之所以会产生较大社会功用的原因所在。

具体地来看，"兴"是"起"和"发"，指《诗经》能够使人产生联想、触发感情，也即，通过诗中形象的比喻，使人产生联想，领悟到社会或人生的道理；"观"是观察、考察，即通过观诗（或乐）以察知政事，通过观他人赋诗以知其志，甚至通过诗以"观风俗之盛衰"（郑玄注语）；"群"，有和、合之意，指《诗经》能使上下、内外的关系和谐、协调，在"仁""爱人"的基础上达到和合、团结；"怨"，指怨刺，其怨刺对象既包括上政，也包括违反仁道者，对这二者，《诗经》都能很好地传达和表述怨刺之情。毫无疑问，孔子的"兴、观、群、怨"说多侧面地阐明了《诗经》的社会功用，既点出《诗经》的文学特征——以形象感染人，引发读者的想象与联想，又切合了社会与人生，达到了实用功效。当然，也应实事求是地指出，孔子的这一学说，过分强调了《诗经》的政教功能，不适当地拔高了《诗经》的地位与作用，以致后世将其奉若神明，致使《诗经》成了后世的不祧之祖——被封为儒家经典之首，被冠以《诗经》之名。

《毛诗序》对《诗经》的社会功用做了更进一步明确的论述，谓曰："风，风也，教也。风以动之，教以化之。"

"上以风化下，下以风刺上。""故正得失，动天地，感鬼神，莫近于诗。先王以是经夫妇，成孝敬，厚人伦，美教化，移风俗。"《毛诗序》的这些阐述，是继孔子和《荀子》《乐记》等之后对《诗经》社会功用的又一系统论述。孔子提出"兴、观、群、怨"说，《荀子》和《乐记》强调诗乐的教化作用，均主张统治者应努力以诗乐教化百姓，从而维护与巩固社会秩序。《毛诗序》在继承这些说教的基础上，特别强调了诗自上而下的教化作用，其中尤其是"经夫妇，成孝敬，厚人伦，美教化，移风俗"，强调了统治者应通过诗来向百姓进行潜移默化的伦理道德教育，使之成为一种社会风尚，从而有利于社会秩序的建立与统治的巩固。《毛诗序》的这一有关《诗经》教化的理论，无疑强化了《诗经》的社会功用，也提高了《诗经》的地位，使之成为统治者实行统治的必备工具，对后世产生了极大影响。而以孔孟为代表的儒家，在孔孟当时及后世，将《诗经》奉为儒家修身养性、治国经邦的极为重要的内容和理论教条，使其地位、影响及作用历久而不衰。这里，我们有必要将《毛诗序》中的有关论述录之于下，以见其全貌：

  风，风也，教也。风以动之，教以化之。诗者，志之所之也。在心为志，发言为诗。情动于中而形于言，言之不足故嗟叹之，嗟叹之不足故永歌之。永歌之不足，不知手之舞之，足之蹈之也。情发于声，声成文谓之音。治世之音安以乐，其政和。乱世之音怨以怒，其政乖。亡国之音哀以思，其民困。故正得失，动天地，感鬼神，莫近于诗。先王以是经夫妇，成孝敬，厚人伦，美教化，移风俗。故诗有六义焉：一曰风，二曰赋，三曰比，四曰兴，五曰雅，六曰颂。上以风化下，下以风刺上，主文而谲谏，言之者无罪，闻之者足以戒，故曰风。至于王道衰，礼义废，政教失，国异政，家殊俗，而变风、变雅作矣。国史明乎得失之迹，伤人伦之废，哀刑政之苛，吟咏情性以风其上，达于事变而怀其旧俗者也。故变风发乎情，止乎礼义。发乎情，民之性也。止乎礼义，先王之泽也。是以一国之事系一人之本，谓之风；言天下之事，形四方之风，谓之雅。雅者，正也，言王政之所由废兴也。政有小大，故有小雅焉，有大雅焉。颂者，美盛德之形容，以其成功告于神明者也。是谓四始，诗之至也。……

这里所述诗歌的产生,自然是"在心为志,发言为诗","情动于中而形于言",而诗歌所反映的社会现实,即人们透过诗歌所能窥见的社会,乃"治世之音安以乐,其政和。乱世之音怨以怒,其政乖。亡国之音哀以思,其民困"。但从社会功用角度言,重要的还是"风以动之,教以化之","经夫妇,成孝敬,厚人伦,美教化,移风俗","上以风化下,下以风刺上"。它们是儒家思想所需要的核心,是修身养性、治国经邦的内容和目的。

社会价值及其他

一部《诗经》,其文字所载录的,既有上古时代的历史画卷、文化风貌、艺术图像,更有社会状况的记录——人民的悲苦生活、统治阶级的淫乱暴政、正义或非正义的战争、农奴的辛勤劳作,乃至社会的方方面面。从反映社会的广度与深度而言,《诗经》在某种程度上比同时期的一般史书更为深刻、全面,它的社会价值不可低估。

从"诗三百"中,我们最先也最多看到的是中国社会早期阶段的"饥者歌其食,劳者歌其事",它们是普通大众出于生存需要所发出的最原始、最直接的呼号,经过艺术加工后,这些呼号成了他们的歌唱与代言——向自己,向他人,更向社会。《王风·葛藟》,可以说是流浪者之歌,也可以说是孤儿乞食之歌;《唐风·有杕之杜》,是饥饿者发出的乞食之歌;《小雅·苕之华》乃困于饥馑者所唱,其"知我如此,不如无生","人可以食,鲜可以饱",是迫于无奈的心声;劳动者们更多地唱出了他们自己的劳动之歌:

> 猎兔者之歌——《周南·兔罝》
>
> 妇女采车前草之歌——《周南·芣苢》
>
> 采桑者之歌——《魏风·十亩之间》
>
> 伐木者之歌——《魏风·伐檀》
>
> 推大车者之歌——《小雅·无将大车》
>
> 缝衣者之歌——《魏风·葛屦》
>
> 猎人之歌——《郑风·叔于田》《郑风·大叔于田》《齐风·还》《齐风·卢令》

这些歌唱,简洁、朴实而又生动地道出了各种劳动者的辛勤与劳苦,这是他们发自内心的声音,他们凭这些歌声,讴歌、赞美了劳动本身,讴歌、赞美了劳动者,讽刺、鞭挞了不劳而获者。

"诗三百"中更多展示的是人民对统治者的不满。一篇篇诗歌如同一幅幅讽刺漫画,勾画出了统治者的丑恶嘴脸:由于统治者的虐政,百姓只能相约逃难(《邶风·北风》);统治者荒淫无耻、淫乱成性,百姓感到失望(《邶风·新台》《鄘风·墙有茨》《鄘风·君子偕老》);贵族男女淫乱成风,窃人妻妾,社会不成体统(《鄘风·桑中》);君主贪恋女色,不再早朝(《齐风·鸡鸣》);兴居无节、号令不时(《齐风·东方未明》);统治者淫乱无度,竟至乱伦(《齐风·南山》《陈风·株林》);等等。由于统治阶级倒行逆施,下层士大夫们发出了乱世亡国之音,他们悲观厌世,感叹世事的混乱,有的伤时感事,有的悯伤前代宗室,《王风·黍离》《王风·兔爰》《桧风·隰有苌楚》《曹风·下泉》等即此种心态的实录。此外,一些诗篇还涉及不少社会现象,如:《召南·甘棠》流露出对清官的向往;《召南·羔羊》对早期官僚主义予以揭露;《召南·小星》《小雅·北山》《小雅·绵蛮》反映了统治阶级内部的等级矛盾;《邶风·北门》吐露了一部分士大夫仕途不得志的心声;《魏风》的《伐檀》《硕鼠》讥刺贪得无厌、无功受禄者;《唐风·山有枢》表现奴隶主贵族颓废自放;《唐风·采苓》讽刺统治者听信逸言,不用贤人;《小雅·节南山》讥刺君主为政不平,任用小人;等等。一幕幕、一幅幅,让我们看到了一个真实的社会、真实的时代,展示了一长幅真实的画卷,显示了写真的风格特色。

此外,这些诗章中还写到了一些后世文学题材中经常涉及的内容，比较典型的，除了君王贪色误政、误国外，还有如饮酒无度、以酒亡国，《小雅·小宛》《小雅·宾之初筵》即反映了这方面内容。《小雅·小宛》中写道："彼昏不知，壹醉日富。各敬尔仪，天命不又。"《严缉》云："或疑饮酒小节，未必系天命之去留。殊不知荡心败德，纵欲荒政，疏君子而狎近倖，玩寇仇而忘忧患，皆自饮酒启之。禹恶旨酒，曰，后世必有以酒亡国者。"①《小雅·宾之初筵》极写奴隶主贵族酗酒伐德、酒精中毒之为害，其中写道：

……
曰既醉止，威仪幡幡。舍其坐迁，屡舞仙仙。
……
宾既醉止，载号载呶。乱我笾豆，屡舞僛僛。是曰既醉，不知其邮。侧弁之俄，屡舞傞傞。既醉而出，并受其福。醉而不出，是谓伐德。饮酒孔嘉，维其令仪。

另外，《小雅·鱼藻》中专刺周王居镐京后饮酒作乐的丑状。《诗经》的这些表现内容，无疑开了后世酒文学风气

---

① 陈子展：《诗经直解》，复旦大学出版社，1983，第684—685页。

之先，它既讽刺饮酒无度导致亡国，又同时说明了酒与文学发生关系，其肇端乃在《诗经》，《诗经》是中国酒文学之先祖。

"诗三百"还为西周春秋时期的各种战争留下了宝贵的文字资料，有助于后世了解这一历史时期的战争状况及统治者与人民对战争的不同态度。描写战争的诗篇可以分为几个方面：有写人民对战争厌恶的，这些诗篇展示或表露的是人民尤其是那些被迫参加战争的士兵们渴望返回家乡的厌战情绪，比较典型的如《邶风·击鼓》《小雅·采薇》（这当中，扩大些看，还可包括那些思妇对行役在外的丈夫的眷念，虽然所行之役未必全是兵役）；有写讨伐战争，及征伐胜利而返的，如《小雅·出车》描写出兵征伐玁狁、西戎，《小雅》的《六月》与《采芑》写周宣王北伐与南征，《大雅·常武》述周宣王亲征淮夷、徐方胜利而返；也有可以作为军歌看而宣扬军威的，如《周颂·武》，系武王伐殷纣前士兵们的集体军歌，被认为是最古之军歌或"兵演兵"之歌舞曲[1]，又如《秦风·无衣》通篇充溢着慷慨从军、同心杀敌的气概，俨然是一首气壮山河的军歌。这些写战争的诗篇组成了又一幅社会写真图。

---

[1] 陈子展：《诗经直解》，复旦大学出版社，1983，第1113页。

《诗经》还为后代保存了不少珍贵的资料，它们的内容包括殉葬制度、建筑工艺、日食现象、天象星座、测记时间与季节的时段等，这些内容为后代历史考古、天文历法、自然科学等提供了了解上古社会的参考材料。在这方面，我们尤应提及弥足珍贵的《豳风·七月》一诗，它堪称具有多方面价值的代表作。这首诗以"七月流火"开头，告诉后人，上古时代季节是以火星昏见划分的；诗篇反映了父系氏族社会晚期，家长奴役制下大族家长率领家族成员共同耕种的情况；诗篇还记载了上古时代农业、物候、昆虫等情况，让后人可借此了解周代的农业生产、物候变化、昆虫活动等，为古代农业发展史、物候学史、昆虫学史等提供了资料。通过《七月》，我们可以清楚地了解到，我国古代在农业、天文、历法等多方面都远比同时代的西方国家先进得多。

《诗经》的诗章中还体现了周代对人的价值的认识与肯定，这在处于奴隶制和奴隶制与封建制交替时期的周代，殊为可贵。《秦风·黄鸟》一诗，写秦人哀"三良"之事，此"三良"——奄息、仲行、鍼虎，均为从秦穆公而死的殉葬者，诗篇所写的是秦人刺秦穆公而哀"三良"，因而喊出了"彼苍者天，歼我良人！如可赎兮，人百其身！"。《黄鸟》让我们了解了周代的殉葬制度，也看到秦人能为从殉的"三良"发出正义的呼声,这反映了其时的人们已认识到了人的价值。这个是社会转折的象征,或者说,它标志着新时代的来临——人不再如同动物一般任人驱遣、宰割,人有其自身的价值与人格,绝非统治者任意摆布的两脚工具。对此,郭沫若在《中国古代社会研究》中有一段十分精辟的论述①,他说:"殉葬的习俗除秦以外,各国都是有的。(就是世界各国的古代也都是有的。)不过到这秦穆公的时候,殉葬才成了问题。殉葬成为问题的原因,就是人的独立性的发现。……秦穆公的时代应该是新旧正在转换的时代,这儿正是矛盾的冲突达到高潮的时候。像这样,《秦誓》在高调人的价值,《黄鸟》同时也在痛悼三良。所以人的发现我们可以知道正是新来时代的主要脉搏。"②

《诗经》正是以上述诸多方面的价值——社会的、文化的、文学的、艺术的、历史的、民俗的等等,显示了它的重要性和无可替代性,而这一切,又无不围绕着它的"写真"特色。因此,当我们翻开《诗经》时,扑入我们眼帘最醒目、最显要的一个大字即是"真"。"真"是《诗经》的精

---

① 前已引及,这里再次强调,且角度不一。
② 郭沫若:《中国古代社会研究》,《郭沫若全集》(历史编·第1卷),人民出版社,1982,第152—153页。

髓与灵魂,"真"是《诗经》的典型风格,由"真",才引出了"善"与"美",从而使《诗经》为后世历代所崇奉、所颂扬。

第十讲 《诗经》的价值与历代《诗经》研究

《诗经》的价值

一部《诗经》,自问世以后,无论在中国文化史、中国文学史、中国诗歌史上,都显示了它的重要价值和历史影响。

《诗经》堪称是一部上古时代的百科全书,它以诗歌的形式,真实记录了中国上古时代(以西周春秋时期为主,兼及之前时代)社会的全貌,包括政治、经济、文化、历史、军事、文学、艺术、民俗等。后世人们透过它,可一窥其时社会的方方面面。它为中国历史保存了不可多得的宝贵史料,为中国文化和文学保存了不可多得的文献。

《诗经》在诗歌的体裁形式上,创立了中国诗歌史上的新体式——四言体(以四言为主)。在《诗经》之前,中国的诗歌尚无自己固定的体式,一般流于口头形式;到《诗经》时代,中国诗歌开始奠定了自己的格局,形成了相对稳定的体式。可以说,中国诗歌的真正起步,始于《诗经》。

在诗歌的节奏与韵律上,《诗经》开创了先例,其押韵形式与韵部、重章叠句的反复咏叹等表现手法,为后世诗歌提供了范式,这在诗歌创作史上具有重要意义。而由《诗经》首创的比兴手法,更是为诗歌的艺术创作提供了前所未有的表现方式,对后世的诗歌创作产生了很大影响。更主要的是,《诗经》首开了写真的艺术风格,以其朴实、真切、生动的语言,逼真地刻画表现了事物、人物及社会的真相及其特征,艺术地再现了社会的状貌与本质,为后世的文学创作提供了艺术写真的楷模,堪称是一部丰富生动的中国早期的语言艺术范本。

《诗经》也为后世历代的文学创作树立了"为情而造文"的榜样。造文贵在"为情",倘不为情,则所造之文必失真,无真即无情,无情则不成文,即便形式上是文,内里也会因乏情而不能使人感动。《诗经》之所言、所记,均围绕"真"字,"饥者歌其食,劳者歌其事"。正由于其"真",才切实表达了上古人民的心声,画出了上古时代的逼真画卷,使后代视其为具有珍贵价值的史料。正由于此,战国时代的伟大诗人屈原在《诗经》的基础上,创立了"骚体"形式,以真挚的情感、浪漫的形式,倾吐了诗人的激情;两汉时代的民间诗人在继承《诗经》风格的基础上,创作了大量"感于哀乐,缘事而发"的乐府民歌,发扬了"诗三百"的艺术风格特色;到唐代,陈子昂标举"风雅兴寄"、提倡"汉魏风骨"(《修竹篇序》),李白慨叹"大雅久不作""王风委蔓草"(《古风》之一),杜甫"别裁伪体亲风雅"(《戏为六绝句》之六),白居易系统总结"风雅比兴",批评晋宋以降诗风,力倡"诗三百"的传统。这一切,无不体现了在《诗经》等优秀传统文化基础上的一脉相承、弘扬光大。

《诗经》为后世保存并奉献了中国早期文学思想的雏形,虽然它们只是片段的、零碎的,但无疑是中国文学思想史与文学批评史的早期产物,具有一定的意义与价值。"诗言志,歌永言,声依永,律和声"(《尚书·尧典》),是后人对《诗经》创作旨趣的理论性概括,揭示了诗歌表达情志的作用及其与诗歌音律的关系,其中特别是"诗言志",成了中国古代诗论的"开山纲领"。由《诗经》创作而引申、阐发的"毛诗大序",更是在总结"诗三百"创作基础上的一篇早期重要的诗歌理论文字,虽然它出自汉代学士之手,不无偏颇之处,却无疑是在研究"诗三百"本身基础上产生的,其间融入了"诗三百"的文学思想与创作经验。

《诗经》具有音乐价值,它的诞生与音乐密不可分。

《诗经》时代，诗歌、音乐、舞蹈三者为一体，不可分割，而《诗经》分为风、雅、颂三部分，实际上即是按音乐分类的，故而《墨子·公孟》云："儒者诵诗三百，弦诗三百，歌诗三百，舞诗三百。"《史记·孔子世家》曰："三百五篇，孔子皆弦歌之。"

《诗经》的历史价值，包括两个方面：其一，《诗经》中一些记叙史实的诗篇，其本身即具史学价值，如《大雅》和《商颂》部分的史诗；其二，《诗经》中所反映表现的西周春秋时期的历史事实，从历史价值角度而言，305篇整体就是一部全面反映西周春秋历史的极好史料，它全方位、多侧面、多角度地记录了从西周到春秋（亦包括商代）的历史发展与现实状况，其涉及面非常之广，几乎包括了社会的全部方面——政治、经济、军事、历史、民俗、文化、文学、艺术等。由《诗经》开始，诗与史的关系便存在了，所谓"诗史"，即是用诗歌的形式表现了历史的内容，诗歌的篇章中融入了历史的因子。

《诗经》的民俗价值亦显而易见，一部《诗经》，乃上古时代商、周民族民俗风情的生动记录，透过它，后人能了解到西周春秋时期南北方诸多地区的民风、民俗、民情。

《诗经》305篇诗，还相当程度上反映、表现了周代的礼乐文化，这使它成了保存礼乐文化有价值的文献之一，其中比较集中反映礼乐文化状况的，主要是《大雅》和"三颂"。周代礼乐包含范围甚广，有丧礼、祭礼、射礼、御礼、冠礼、婚礼、朝礼、聘礼等，它们既有伦理道德修养的成分，也有国家政治典章制度的印记。《诗经》作为一部诗歌作品总集，通过诵唱和文字形式，反映了礼乐文化状况，为后世保存了中国早期珍贵的礼乐文化资料。

综上所述，作为中国上古时代的第一部诗歌总集，《诗经》记录、保存了那个时代重要的文化、文学、历史、艺术等多方面资料，开启了中国文学史和古代诗歌创作的新纪元，对后世的历史与文化产生了巨大影响，显示了多重价值，它对中国传统文化两千多年的传承和发展，具有不可磨灭的历史影响和重要贡献。

历代《诗经》研究

可以说，《诗经》问世以后，在中国历史上产生的巨大影响，几乎只有《论语》可与之比肩。这当中的原因很多，主要是：一、孔子参与了对"诗三百"的整理编定，一定程度上提高了编成后的《诗经》的地位；二、从汉代开始，由于帝王的推崇，《诗经》与其他多部儒家的代表著作，被奉为经典，此后，历代统治者相沿袭，将这些儒家经典置于至高无上的地位，而《诗经》居于其首，这在客观上提高了《诗经》的地位和影响力；三、《诗经》本身有丰富的内涵和艺术表现形式，因此产生了应有的艺术魅力，自然成了后世历代文人学者欣赏、传播、研究的重要对象。

这里，我们拟对《诗经》问世以后历代对其的研究，做概括阐述——这个研究，包括了对《诗经》的编定、传播、注解、诠释等多个方面，所涉及的领域可涵盖经学、文学、史学、语言学、考古学、政治学、军事学、经济学、农学、博物学、艺术学等多个学科。

我们从三个方面展开阐述，即先秦时期关于《诗经》的若干专题，历代《诗经》研究概述，历代《诗经》研究代表著作。

一、先秦时期关于《诗经》的若干专题

先秦时期，由于《诗经》本身尚在创作、搜集、编定的成形时期，故传统的《诗经》学——《诗经》研究，还未正式登场，还没开始真正进入研究阶段。这个时期，自然没有出现有关《诗经》研究的专门论著，有的只是对《诗经》产生过程的参与、点评和引申发挥，如孔子整理编定"诗三百"、提出有关诗教的观点——"兴、观、群、怨""思无邪""温柔敦厚""不学诗，无以言"等，孟子提出"知人

论世""以意逆志"方法论，荀子提出"明道、征圣、宗经"文化观等。其时，涉及《诗经》的话题尚不属专门的研究，这里，略举若干相关专题，不做展开性阐述，其中不少在前九讲中已有述及，此处不拟重复。

  《诗经》的基本概念——诗、诗三百、《诗经》
  《诗经》产生的时代、文化背景和地域
  《诗经》的作者
  "诗三百"的采集(采诗、献诗)、整理和编定
  孔子"删诗说"
  "诗六义"——风、雅、颂；赋、比、兴
  先秦时代诗、乐、舞与《诗经》的诗乐合一
  关于十五国风、二雅、三颂的概念及其争议
  《诗经》的应用——先秦时代引诗、赋诗及其他
  孔子诗说——兴、观、群、怨；思无邪；温柔敦厚；不学诗，无以言；经世致用
  孟子诗说——以意逆志；知人论世
  荀子诗说——明道、征圣、宗经

二、历代《诗经》研究概述

两汉时期《诗经》研究(汉学)

两汉时期是中国历代《诗经》研究的真正开创与奠基时期。为何这样说？虽然"诗三百"的产生时代在西周春秋时期，它的整理编定工作，孔子也参与了，《诗经》这个名称的定名，称"诗"为"经"，是在战国时启端——《庄子·天运》有云："丘治《诗》《书》《礼》《乐》《易》《春秋》六经。"《荀子·劝学》有云："其数则始乎诵经，终乎读礼。"但真正将"诗三百"置于至高地位的，是西汉时期董仲舒提出"罢黜百家，独尊儒术"的尊儒主张被武帝采纳之时。此后，儒家的几部代表著作《诗》《书》《易》《礼》《乐》《春秋》等被奉为儒家的经典，于是，"诗三百"就成了《诗经》（《书》也成了《书经》，《易》也成了《易经》，等等）。自此以后，开启了历代对《诗经》的注"经"历史，也即，《诗经》的研究历史正式开始了。

两汉时代的《诗经》研究，总体上包括两大派，即后世所谓汉代传诗的"四家诗"——"三家诗"和"毛诗"。"三家诗"用汉代通行的隶书书写（包括文字训诂和内容解释），故也称为"今文三家"（今文经学）；"毛诗"是用战国时代的隶书书写（也包括文字训诂和内容解释），故也称为"古文毛诗"（古文经学）。

"三家诗"，指鲁诗、齐诗、韩诗三家。鲁诗，即鲁国人申公所传；齐诗，即齐国人辕固所传；韩诗，即韩国人韩婴所传。

"毛诗"较"三家诗"晚出，相传为大毛公鲁人毛亨和小毛公赵人毛苌所传。"毛诗"的代表著作是《毛诗故训传》（简称"毛传"），该著是"诗经汉学"的代表作，所作训诂解释释词明确，渊源清晰。

由于"三家诗"和"毛诗"分别代表了今文经学和古文经学两派，因而在两汉时期，这两派的今古文经学之争，直接影响贯穿了整个时代。具体来说，在对《诗经》的解说上，"三家诗"与"毛诗"的分歧既表现在政治立场上，也表现在书写文字、说诗方法、解说繁简、章节编次、名物训诂、字词辨析，乃至对具体诗篇的不同理解等多方面。由于"三家诗"完全站在汉代官方政治立场上，两汉时期自然属于官学，随着汉代统治的结束，它的生命力也就告终了。而"毛诗"则与汉代政治距离较远，属于民间传授之学，且不断提高训诂和义疏质量，因而它比"三家诗"生命力旺盛，此后一直延续下去了。

这里，应提到一位在汉代兼通今古文经学的大儒——郑玄，他为"毛诗"所作的"传笺"——《毛诗传笺》（简称

"郑笺")一书,在整个中国《诗经》研究史上,是一部里程碑式的著作。该书打破了师法之拘,结束了两汉的今古文经学之争。书中的解诗,兼融了"三家诗"和"毛诗"之说,以宗毛为主,吸取"三家诗",并在"毛传"基础上做补充修订,提出了不少属于自家的说法,因而显示了特色。

在两汉时期的《诗经》研究方面,特别值得一说的是《毛诗序》。《毛诗序》包括大序和小序,大序(又称《关雎序》)系针对全部《诗经》而写的总论全部《诗经》的序言(兼及《关雎》一诗),小序则是为《关雎》以外其他304篇而做的简短诗意解说。《毛诗序》的作者究竟是谁,历来说法甚多,至今争议不决,各家所说分别有:孔子,子夏,卫宏,子夏、毛公合作,子夏、毛公、卫宏合作,等等。对《毛诗序》为何而作,其文字的来源和所作序的内容是否切合原诗内涵,历来也争议不决,难有定论。但是,不管如何,《毛诗序》本身是一篇极有价值的文字,不但其小序部分值得参考(当然不可照单全取,必须结合作品本身与历史时代,有所取舍),而且其大序尤其值得重视——这是中国古代文学理论史和文学批评史早期阶段一篇不可多得的重要的诗歌专论,它比较全面而又系统地总结了先秦时代儒家的诗歌理论,提出了一系列属于儒家诗教开创性的诗歌创作和诗歌理论主张,是一篇具有开山纲领性意义的理论文字(引文见前)。

毫无疑问,《诗大序》在内容上显然是一篇儒家纲领性的礼教宣传文字,其封建政治色彩不容否认,但我们必须承认,这篇文字,确是提纲挈领地高度阐发了先秦时代儒家的诗歌理论,代表了这一时代文学创作和诗歌理论的最高水准。为何这样说?我们看它的具体文字阐述。概括地说,这篇文字的理论要点,包括以下四个:

其一,精辟地阐述了诗、乐、舞三者的起源,及其相互之间的关系与特征,尤其是其中的"诗者,志之所之也。在心为志,发言为诗",开创性地提出了"诗言志"这一纲领性的主旨口号,标明了诗歌创作的目的与功用。由此,这个口号成了后世历代中国传统诗歌创作和理论的旗帜,其本身也切中了文学艺术作品创作的本质特征——言志抒情。

其二,概括地点明了诗歌与时代及政治、地理、文化等因素的密切关系,所谓"治世之音""乱世之音""亡国之音""变风、变雅",即是其具体体现。

其三,突出了儒家诗教的作用,强调了诗歌的政教功用,且明确指出,诗歌具有"正得失,动天地,感鬼神"的作用,它能"经夫妇,成孝敬,厚人伦,美教化,移风俗"。虽然这些话本身包含了浓厚的儒家礼教色彩,但客观地说，它确实较为准确地表述了诗歌的实际功用。

其四，对"诗六义"的概括——风、雅、颂、赋、比、兴，既判明了诗的分类，也阐述了诗歌创作的主要艺术表现手法，这对当时和后代的诗歌创作有着极大的助益。

由于两汉是《诗经》研究的开创和奠基时期，故而在《诗经》研究史上，汉代的《诗经》研究，也称为"诗经汉学"，简称"汉学"——这是相对于宋代的"诗经宋学"（简称"宋学"）和清代的"诗经清学"（简称"清学"）而言。

魏晋至唐《诗经》研究

相对于两汉时期，魏晋至唐这个历史阶段，《诗经》研究处于低潮期，基本上没有形成专门的学术流派，问世的著作也相对较少，这与这个历史时代不同于两汉大一统社会"独尊儒术"有一定的关系。魏晋南北朝是中国历史上的所谓"乱世"，南北方常年处于战乱和朝代更迭的状态，即便到隋唐统一后，儒家思想也还是不像两汉时代那样处于一尊地位。

不过，这个历史阶段也还是出现了《诗经》研究的不同学派及其代表学者，相互争论或对峙。比较有代表性的，如魏晋时代的郑学、王学之争，南北朝时期的南学、北学之争。"郑笺"标举"毛诗"，融合"三家诗"，成为当时的权威注本，形成了"郑学"。这引发了魏人王肃的攻击，认为其是打着"毛诗"牌子，却引用"三家诗"说法，破坏了"毛诗"古文经学的家法。由此，王肃要申毛难郑。不过，王、郑两家之争，在当时影响并不大，后来郑玄还是凭自己的地位，以及"郑笺"本身的影响，使其书得以流传后世。

南北朝时期的南学、北学之争，南学承魏晋，兼采王学，北学承汉代，推崇郑玄。随着隋朝统一南北后，所谓的南学北学，也就结束了对峙，北学最终归入南学而趋于统一。这个统一，实际是由朝廷授命唐代学者孔颖达，由他负责主持撰定"五经正义"(《毛诗正义》系其中之一)而得以完成。

《毛诗正义》是魏晋至唐时期《诗经》研究的一部重要代表著作，它广泛吸收了唐以前历代的《诗经》研究成果，"融其群言，包罗古义"，为"毛传"和"郑笺"做疏解，集唐前汉学之大成，全部保留了"毛传""郑笺"的注文，并在这些注文基础上做疏解(后世简称其为"孔疏")。"孔疏"坚持"疏不破注"原则，综合吸取汉魏以来诸家训诂之见解，融汇了汉魏六朝《诗经》研究的成果，全书贯穿了说解、文字、音训三统一，使之达到了唐时《诗经》研究的最高水平，被官方定为标准教本，从而具有绝对的权威性，堪称是继"毛传"和"郑笺"之后,历代《诗经》研究史上一部具有里程碑意义的《诗经》学著作。

必须注意到的是,魏晋至唐这一历史阶段中,《诗经》研究不仅是学者在经学范畴内对《诗经》做注释和说解,而且出现了文学家对《诗经》的思想内容、艺术成就和艺术手法做阐述和评价,这当中包括刘勰、钟嵘等人。刘勰在《文心雕龙》一书的多篇论述中,涉及了对《诗经》内容和艺术表现手法的评论和阐述,比较代表性的篇章有《宗经》《辨骚》《时序》《情采》《比兴》《夸饰》《物色》等,其中分别谈到了《诗经》的教化作用、文学与现实的关系、内容与形式、关于赋比兴、《诗经》的修辞手法、《诗经》对后世的影响等。钟嵘的《诗品》在品评诗人及其作品高下时,自然涉及了诗歌源头之一的《诗经》,而他的《诗品序》中,更是直接阐述了他对《诗经》赋、比、兴三种艺术表现手法的认识和看法:"故诗有三义焉:一曰兴,二曰比,三曰赋。文已尽而意有余,兴也;因物喻志,比也;直书其事,寓言写物,赋也。宏斯三义,酌而用之,干之以风力,润之以丹采,使味之者无极,闻之者动心,是诗之至也。若专用比兴,则患在意深,意深则词踬。若但用赋体,则患在意浮,意浮则文散,嬉成流移,文无止泊,有芜漫之累矣。"

宋元时期《诗经》研究(宋学)

宋元时期的《诗经》研究,实际上主要是在宋代。元代,汉族的儒家经典受到压制,大约除了朱熹的《诗集传》在当时有些影响,其他几乎无啥可说了,因而出现的涉及《诗经》的注解,都是朱熹《诗集传》的延伸发挥。这里,我们集中阐述宋代(北、南两宋时期)的《诗经》研究。这个时期可称《诗经》研究史上的高峰期,相对于汉代的"诗经汉学",宋代可称"诗经宋学",特别是南宋问世的朱熹《诗集传》,是宋学的代表,在整个中国的《诗经》学史上,堪称里程碑式的标志。

宋代的社会风气,或者说宋代的经学论坛,普遍是疑经、改经,对先人的诸多经典,包括《诗》《书》《礼》《易》《乐》《春秋》等,持怀疑态度,考辨蔚然成风。这就牵涉到这个时期《诗经》研究的新风气——倡导怀疑,喜好辨伪,重视义理,不信诗序,探求新义。也就是说,这个历史阶段,改造传统儒学、时兴自由研究、看重实证思辨,已形成学风。其时涌现的一批《诗经》研究著作,代表性的有欧阳修《毛诗本义》、王安石《诗经新义》、苏辙《诗集传》、郑樵《诗辨妄》、王质《诗总闻》、朱熹《诗集传》《诗序辨说》、程大昌《诗论》、王柏《诗疑》等。宋代这些注

《诗》学者,对《诗序》发起猛烈攻击,力主废《序》,由此,他们与当时的汉学派展开了激烈的争论。

欧阳修作为北宋文坛大家,在《诗经》研究中推出了《毛诗本义》。该书重点在本义说解,对前代的毛、郑所说多有指正,认为他们在不少方面训释不当。这在当时属开风气之先,毕竟无论毛还是郑,都是前代《诗经》研究大家,他们传世的《诗经》注本"毛传""郑笺",历来被奉为权威,而欧阳修居然敢于对他们大胆评议,且自创新说。欧阳修的研究,对宋代的《诗经》学有较大影响,之后的苏辙、郑樵,乃至朱熹,都受到他的影响。

郑樵是"诗经宋学"的代表人物之一,他反对《诗序》,提倡声歌之说,重视名物考证,他的《诗辨妄》指出了《诗序》的诸多谬误,其辨妄对象,直击毛、郑——指责他们的说解为"村野妄人所作"。可惜郑樵这本《诗辨妄》已失传,今可见者,乃顾颉刚所辑之残本。

朱熹毫无疑问是"诗经宋学"的权威代表人物,他的《诗集传》是"诗经宋学"集大成的代表著作。可以说,《诗经》研究到了宋代,是朱熹真正建立起了可与"汉学"相对峙、相抗衡的"宋学","诗经宋学"至此开始确立起了它的学术体系,它以朱熹理学思想为基础,汇集了宋人众多的训诂和考证成果,又顾及了《诗经》的文学特点,使得这部注释简明的《诗集传》，自然成了当时和后世数百年的权威注本。

综合朱熹的《诗经》研究和他的代表作《诗集传》，我们可以看到，它们显然具有以下四方面特色：其一，反对《诗序》，指出《诗序》的种种谬误，朱熹为此专写了《诗序辨说》，用查核史料、对照诗篇内容的做法，驳斥《诗序》，尤其针对广涉304篇的《小序》。其二，在反对《诗序》的基础上，他广采众说，充分吸取了前代各家之说，并融入自家的看法，以形成新说，从而建立了与汉学不一的宋学。其三，对"诗六义"做出了自己的独特诠释，比毛、郑所释相对更接近了诗本义。他说："风者，民俗歌谣之诗也。""雅者，正也，正乐之歌也。""颂者，宗庙之乐也。""赋者，敷陈其事而直言之者也。""比者，以彼物比此物也。""兴者，先言他物以引起所咏之辞也。"不仅如此，朱熹还在他的《诗集传》具体诗篇的注释中，标明每首各运用了赋比兴的何种手法，或单独，或综合（赋而比，比而兴，兴而比，等等），这对于读者欣赏和理解诗篇的艺术特色很有启发帮助。其四，总体上看，朱熹《诗集传》的注释、诠解，力求接近诗本义，努力做到简明得体，且不限于从经学角度做解说，还尽可能顾及了用文学眼光剖析诗歌的内在蕴含与艺术特色，这无疑增进了读者对《诗集传》文学价值的认识。

然而，必须指出，尽管朱熹的《诗集传》确实有其独特的价值和体系，从"诗经宋学"在《诗经》研究史上的地位和影响力看，其价值确不可低估，但朱熹毕竟是站在封建统治阶级的立场上，为维护封建统治而研究、注释《诗经》的，他的研究初衷绝非为文学而文学、为诗歌而诗歌，而是力求不能有害于封建礼教的温柔敦厚，不能违背封建的纲常伦理，目的在于宣扬封建教化、维护儒家经典的权威地位，对这一点，我们必须有清楚的认识。

明清时期《诗经》研究（清学——新汉学）

明清两代的《诗经》研究，有个非常鲜明的差异，即明代与清代相比，明代显然处于低谷，而清代绝对是高峰。明代的《诗经》研究几乎沿袭元代，除朱熹《诗集传》的余绪影响外，学术界较少出现有代表性有影响的《诗经》研究学者和论著，可以提及且有价值的，大约是如下两部：何楷的《诗经世本古义》，独具一格，诗史结合，不遵从传统解说，考证有精核之处，体现了突破传统、力求创新的努力；陈第的《毛诗古音考》，推倒宋人的"叶音说"，开创了《诗经》古音韵学的研究。明代之所以会出现这种研究学者和著作罕见的状况，和明代的科举取士制度很有关系。因着科举考试要求考"四书"，于是，重"四书"轻"五经"

便成为社会风气,致使《诗经》学在明代自然趋于衰落。可以说,元明两代,在《诗经》研究方面,如出一辙,都处于低谷,很少有具有影响力的研究著作(少数例外)。而清代则完全不同了,清学,即"诗经清学"(或谓"新汉学"),是《诗经》研究史上继汉学、宋学之后崛起的第三座高峰。

清代的《诗经》研究继承了汉代学派的朴实之风,讲究考据,"无征不信",一反宋学的空谈义理、不务实际和明代的科举取士、不重经学,这实际是为了摆脱宋明理学的桎梏,旨在复兴汉学,故谓清代的《诗经》研究为"新汉学"。整个清代,由于统治者一方面大兴文字狱,对知识分子实行高压政策,另一方面又为了笼络汉族知识分子,转移他们的政治视线,便大力提倡经学,于是乎,大批知识精英将毕生精力付诸经学研究,使得经学由此开始兴旺发达,名家辈出,著作如林,清代的《诗经》学也就自然而然成就空前、蔚为壮观了。

清代《诗经》学的主要成就,表现在辑佚、校勘和小学三个方面,这是它有别于汉学和宋学的显著特点。汉学注重注释、疏解、正义,宋学在汉学之后注重义理,而清代的清学则偏重辑佚、校勘、小学,体现了治学功底和精细功夫。具体来说,辑佚方面,主要是对"三家诗"的辑佚,代表学者为陈寿祺、陈乔枞、王先谦;校勘方面,阮元的

《毛诗注疏校勘记》(《十三经校勘记》之一)堪称代表作；小学方面，研究《诗经》音韵、考据学的顾炎武、江永、戴震、段玉裁、孔广森、王念孙等，研究《诗经》文字、名物考证的陈启源、胡承珙、马瑞辰、陈奂等，都是清代的杰出学者，他们代表了清代《诗经》研究乃至整个清代学术研究的最高成就。

大体来看，清代的《诗经》研究经过三个阶段。第一阶段为清初，宋学衰落，汉学复兴，顾炎武开创考据学，创立音韵学；黄宗羲将经学与史学结合，开始学术史研究；王夫之将《诗经》作为文学作品研究。第二阶段为清中期，进入清代经学研究繁荣期，考据学盛行，产生了学术史上著名的"乾嘉学派"，以古文经学（所谓"新汉学"）为主，对《诗经》展开全方位的考证研究，其范畴涉及文字、音韵、训诂、名物、辨伪、辑佚、校勘等，其成就可谓空前绝后，可以说，整个《诗经》研究史上，没有哪个时代可与之相比。这个时期产生的《诗经》研究代表作有胡承珙的《毛诗后笺》、马瑞辰的《毛诗传笺通释》、陈奂的《诗毛氏传疏》等，它们代表了清代《诗经》研究的最高成就。此外，陈寿祺、陈乔枞父子辑录"三家诗"，魏源著《诗古微》，也值得一说。第三阶段为清末，古文经学被今文经学所替，今文经学开始繁荣，出现了王先谦的《诗三家义集疏》，这是"三家诗"的集大成之作。此外，这个时期还涌现了所谓不今不古的独立思考派，即在汉学与宋学以外产生的第三派，代表学者及其著作有姚际恒《诗经通论》、崔述《读风偶识》、方玉润《诗经原始》等，他们的研究，开了清末《诗经》研究的新风。

三、历代《诗经》研究代表著作

以下拟列出从汉初到清末历代《诗经》研究的代表著作，简要说明、介绍书名、著者、问世年代、内容提要、特色与不足，供读者参考。

《毛诗故训传》，又称"毛传"

汉·毛亨（大毛公）撰，毛苌（小毛公）传

这是《诗经》研究史上第一部系统注释《诗经》的专著，也是现存最早最完整的《诗经》注本，是"诗经汉学"——"毛诗"学派的代表作。全书由"训诂"和"传"两部分组成。诂，以今语释古语，以通言释方言；训，申说其义；传，申释问句，说明大义。本书"诂训"，训释词义，渊源有自，多采先秦古籍；本书"传"，解释诗义，平实有据，少荒诞之说，且标以兴体，与三家解诗不同。本书此种传注体式为后世注释古籍创了先例。全书对《诗经》做了较为准确的训释，保存了大量训诂，在《诗经》研究史上意义特殊，其训释用今字解古字，以本字释借字，对名物制度的诠释比较切近本义，行文简约精练，为后世注解《诗经》树了样板。本书的不当与失误是显然的，作者完全是用儒家思想解读《诗经》，使之成了一部封建政治教科书，不少词义的训释也难免牵强附会。

《毛诗传笺》，又称"郑笺"

汉·郑玄撰

此书系郑玄在"毛传"基础上撰成，以宗"毛"为主。"毛"义隐略，予以表明；"毛"义不确，即下己意。全书以"毛"说为主，"毛传"作本，三家为辅，兼采三家，融合古今，陈述己见。该书问世后使得"毛诗"大行于世。该书已佚，后世通行本一般与孔颖达《毛诗正义》一起，成为流行的合刻本。

《毛诗草木鸟兽虫鱼疏》

三国（吴）·陆玑撰

这是第一部专门解释《诗经》名物的研究著作，全书专门解说《诗经》中涉及的动植物，包括鸟兽、虫鱼、草木，计154种，详尽具体地对这些动植物的名称、形态、性质、产地、用途等多方面做解释。这些释文是对"毛传"

"郑笺"等书的补正，尤其在名物训诂方面具有权威性，可资阅读和研究《诗经》者理解、参考，后代不少《诗经》研究注本也据此书的解释，驳正许多谬说。此书原本已佚，今传世者系后人从《毛诗正义》中辑录而来。

《毛诗正义》，又称"孔疏"

唐·孔颖达主撰

这是一部全面系统总结汉至唐初《诗经》研究成果的著作，在《诗经》研究史上有特殊的地位。全书以"毛传""郑笺"为注疏依据，以阐释"毛传""郑笺"之意为主，遵奉"疏不破注"原则，在此基础上诠释《诗经》。一般认为此书是"毛传"、"郑笺"、"孔正义"的集大成者，也是唐代"诗经汉学"的集大成之作。全书力求从版本和校勘角度研究《诗经》，考订优劣，判别真伪，对《诗经》作品的内容和艺术表现都有较深入切实的分析。书中保存了一些诗学文献资料。该书的缺憾，除了传统的封建政治色彩外，主要是注释烦琐，这多少影响了它的学术价值。

《毛诗本义》

北宋·欧阳修撰

本书专在探讨诗旨，驳斥《诗序》，攻击"毛传""郑笺"，认为不应规墨旧说，无所创见，应该因其言、据其文、求其情、推其理，可称是宋代一部大胆疑古、勇于驳难之作。全书辨析诗旨分"论"与"本义"两部分。"论"训释章句词语，驳难《诗序》；"本义"陈明诗意，阐述诗旨。作者强调即文求义，由作品本身探求诗人之意，寻找诗之本义，这无疑比传统的注经解诗有所突破。作者重视诗歌的文学性，用文学眼光看诗解诗，为《诗经》研究开了新局面。然而作者不可能突破传统经学的框架看问题，其局限是显而易见的。

《诗集传》

南宋·朱熹撰

此书是《诗经》研究史上一部里程碑式的重要著作，是继"毛传""郑笺""孔疏"之后，一部堪与之并峙的著作。作者目的在于探讨诗旨，全书逐一分析诗三百篇，在批驳毛、郑谬说基础上，提出自己的见解，重点在于全面批评"毛序"，主张去"序"说诗，故专有《诗序辨说》一卷。作者本着自由研究、独立思考的精神，完全不拘先人之见，唯文本是求，探求诗之本义，对各篇诗义做出新的解释，故而不少诗篇的解说别开生面。作者的本意在于建立他的诗学体系，能兼宗博采，不拘一说，既融毛、郑，也容三家，广纳前说，择善而从。全书重实证、考据、训诂，偏于义理说教，训诂简明，解说平实易解。书中明确针对《诗序》"美刺说"，提出了"淫奔说"，这既有拨乱之意，也不免卫道色彩。书中初步贯穿了用文学观点研究《诗经》的方法。

《诗论》

南宋·程大昌撰

此书有五个特点：一、与其他注释《诗经》作品的注本不同，该书不以具体作品为研究对象，而是就一些关于《诗经》的理论问题做阐发，这在古代《诗经》研究史上较为少见；二、作者反对把研究眼光局限于汉儒的传统传注范围，认为汉儒注经不可靠，经文本身才是最可靠的研究对象；三、作者本人治诗态度是疑古、反《毛传》、反《郑笺》；四、全书主要讨论两个问题：《诗经》的音乐性，《诗序》的作者与写作年代；五、敢于独立思考，不盲从前人之说，不少见解有启发性(当然也有偏颇之处)。

《毛诗古音考》

明·陈第撰

此书是中国古音韵学的奠基之作。作者编纂此书的目的是为了廓清南北朝"叶音"("协韵")说的流弊，以正诗之韵读。这是由第一个彻底批判"叶音"("协韵")说的学者撰写的关于古音韵学的力作。陈第在考察了大量上古语音材料的基础上，解决了《诗经》的韵读问题，为《诗经》研究做出了贡献。本书既为清代的古音韵学研究打下了基础，也为后人掌握先秦古音韵开辟了先路，在中国古音韵学史上有着重要的地位。

《批评诗经》

明·孙鑛撰

这是一部从文学角度评点《诗经》的著作，突破了传统经学的桎梏，可谓《诗经》研究史上文学论诗之力作。该书着重于《诗经》文学形式与艺术技巧的探讨和分析、鉴赏。明代后期文学评点之风盛行，本书即是一例。全书用简洁明快的语言概括诗篇的艺术特色，大多言简意赅、切中要害，且评析中还能由源及流，点明承脉关系。当然，作者毕竟不能摆脱时代局限，所评所论，难脱传统经学影响之痕迹。

《诗经通论》

清·姚际恒撰

本书的特色在于诗旨分析，书中的《诗经论旨》专门阐发赋、比、兴。此系作者论诗大纲。全书不信《诗序》，较信"毛传"，深恶"郑笺"，批评"朱传"。书中辨正诗旨，时有创见；分章注析，颇多新义；圈点品评，有益诗解；

释诗标韵，帮助理解。作者提出"涵泳篇章，寻绎文义，辨别前说，以从其是而黜其非"，以这个原则解析《诗经》，对前人之说提出质疑，建立自己的新说。这在当时的诗学领地开了新风，体现了作者能努力摆脱汉、宋门户，倡立就诗论诗的独立思考精神。不过，作者为创新而过度抨击朱熹《诗集传》，不免偏激，对《诗序》的看法也有失公允，有些论述自相矛盾。

《读风偶识》

清·崔述撰

崔述的学术研究，最大特色是辨伪，在辨伪史上，他堪称开路先锋。在先秦文史方面，他都是由怀疑而做辨伪，著述不少。他的治学态度是"唯知体会经文，即词以求其意……唯合于诗意者则从之，不合者则违之"。为此，他的《读风偶识》一书被认为是具独立思考精神的著作，考辨精审，时有创见，能较正确认识爱情诗，其间体现了他勇于驳斥《毛诗序》谬说，所阐述的见解较之毛、朱之说更为合理通达。不过，他的有些见解，在驳斥他人观点的同时，难免迂腐牵强之处，流于主观，有些还以偏概全。

《毛诗注疏校勘记》

清·阮元撰

这是迄今为止最完整的《诗经》校勘记，属于《十三经注疏校勘记》之一种。阮元是清代著名的经学家，他的《十三经注疏校勘记》是他毕生从事经学著作校勘的重要成果，其校勘质量依据了校本精审、引证详尽、博采众说、按语求是原则，因而博得诗学界好评。毫无疑问，《毛诗注疏校勘记》的总体质量应该肯定，它是诗学界研究《诗经》的必备参考工具书。

《毛诗后笺》

清·胡承珙撰

这是清代一部阐述"毛诗"之意，兼融汉学与宋学之长的《诗经》研究重要著作，其体裁类似札记随笔体，语言温润而风趣。作者对考据训释之学相当精通，故所笺多胜意。作者认为，历代研究《诗经》，唯"毛诗"最古，且"义训最卓"，而"郑笺"却申毛而不得毛意，异毛而不如毛意，为此，他专著此书，旨在申"毛传"而别于"郑笺"。在对待汉学、宋学的态度上，作者力求实事求是，并不一味崇汉非宋，体现了比较客观的求实精神，但在具体评价宋学时，也有有失公允之处。

《毛诗传笺通释》

清·马瑞辰撰

马瑞辰因不满"孔疏"对"毛传""郑笺"的错误疏解,花费了十多年功夫,充分吸取了乾嘉学派的考据学成果,完成了这部突破今古文家法和汉、宋门户之见的著述。全书以读书札记形式呈现,训释词语为主,间杂考证名物,博采群经,兼融众长,或纠毛、郑之失误,或补毛、郑之阙遗。每篇札记均含个人研究心得,立论有据,胜于毛、郑之说,尤于文字、音韵、训诂功夫深湛,显示了独家特色。虽然书中很少批评"毛序",不免失之偏颇,但其坚持不立门户、兼容并蓄的风格,无疑使本书成了清代一部很具学术价值的治诗著作。

《诗毛氏传疏》

清·陈奂撰

此书是作者研究"毛诗"的代表作,其特点是专主"毛传"《诗序》,去"郑笺"不纳,志在恢复和弘扬"毛传"之说。全书力求从文字、音韵、训诂、名物方面阐发诗本义,考辨详明,引证广博,特别对"毛诗"的注疏细致深入,态度严谨,考证严密,能发前人之所未发。作者还有研究《诗经》的系列著作——《毛诗传义类》《毛诗音》《毛诗说》等,可见他对"毛诗"研究所下功夫之大。本书被公认为是清代汉学家研究"毛诗"的集大成著作,是后人研究《诗经》的必读著作。

《诗经韵读》

清·江有诰撰

本书是江有诰在对先秦以来古音材料做全面深入研究的基础上,总结前人研究成果,用材料本身说明问题而编定撰写的有关《诗经》韵读方面的著作,它是古音学方面的专著。该书在韵部划分、韵字归属、入声分配等问题上,有着自己独到的见解,发前人之所未发,补前人之不足。在古音学方面,江有诰还有《群经韵读》《楚辞韵读》《先秦韵读》等多部著作,可见他确是清代杰出的古音学家。

《诗经原始》

清·方玉润撰

方玉润研究《诗经》最大的特点,是他重诗人作诗之义,能跳出古人论辩的框架,直探诗人作诗本义,就诗论诗,从而在挖掘诗旨上有出人意表之处。他还能用文学眼光看待《诗经》,对《诗经》的艺术表现分析到位,深入精当,得出与众不同的结论,这是《诗经原始》的特色,也是此书与其他用经学家眼光治诗的著作不同之处。书中对

《诗经》中一些诗句的评语，可谓言简意赅，不少眉评和旁批，颇能给人以启迪。由于训诂不是方玉润所长，因而书中集释和标韵两部分，不免失误缺憾较多。

《诗三家义集疏》

清·王先谦撰

这是清代"三家诗"研究的集大成之作，是王先谦在前人诸多"三家诗"搜集汇编基础上的融合与贯通，堪称汇辑"三家诗"佚文遗说之集大成者。王先谦学识渊博，富有辑集经验，能融汇前人研究成果，在此基础上发抒己见，颇有创获。本书搜辑完备、体例周详、编集严谨、内容宏富，为同类书之最。尽管作者推崇今文"三家诗"说难免有些过头，却也能兼容古文"毛诗"说，故而该书可谓能融合今古文之说而显示兼收并蓄的特色，对读者而言，见解相对公允。

说明：

本讲内容参考下列资料：

《诗经学史》，洪湛侯著，中华书局，2002年版。

《诗经研究史概要》，夏传才著，中州书画社，1982年版。

《二十世纪诗经学》，夏传才著，学苑出版社，2005年版。

《诗经学概论》，鲁洪生著，辽海出版社，1998年版。

《诗经要籍解题》，蒋见元、朱杰人著，上海古籍出版社，1996年版。

《诗经要籍提要》，夏传才、董治安主编，学苑出版社，2003年版。